돌탑이 된 사람들

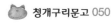 **청개구리문고** 050

# 돌탑이 된 사람들

2024년 12월 10일 1판 1쇄 인쇄 / 2024년 12월 18일 1판 1쇄 발행

지은이 박상희 / 펴낸이 임은주
펴낸곳 청개구리 / 출판등록 2003년 10월 1일 제2023-000033호
주소 (12284) 경기도 남양주시 다산지금로 202 (현대 테라타워 DIMC) B동 3층 17호
전화 031) 560-9810 / 팩스 031) 560-9811
전자우편 treefrog2003@hanmail.net
네이버블로그 청개구리출판사
인스타그램 treefrog_books

편집디자인 서강 | 일러스트 강화경
출력 우일프린테크 | 인쇄 하정문화사 | 제책 정성문화

## Stone Pagoda of Memory

ISBN 979-11-6252-143-4  (73810)

이 책은 전라남도 문화재단의 지원을 받아 발간하였습니다.

청개구리문고 050

# 돌탑이 된 사람들

**박상희 장편동화 • 강화경 그림**

청개구리

# 돌탑이 된 사람들

옥매산에 돌탑을 쌓는다는 소문이 퍼졌다.
그러자 사람들이 하나둘씩 옥매산으로 모여들었다.

# 1
## 옥으로 이름난 옥매산

만섭은 옥매산 아래에 있는 옥동리에서 태어났다. 집에서 삼십 분만 가면 바로 바다다. 마을 앞으로 바다가 길고 넓게 펼쳐져 있다. 사람들은 주로 논농사와 밭농사를 짓고, 더러는 고기잡이도 한다.

만섭 아버지는 남의 밭을 빌려 농사를 짓는다.

다른 집 아이들은 학교에 다니고 있지만 만섭은 형편이 되지 않아 그냥 집에서 허드렛일을 거들며 지냈다. 어머니 없이 아버지와 만호 형과 할머니와 함께 산다.

아버지와 형이 밭으로 일하러 가면 만섭은 혼자 집에 남아 이것저것 하면서 시간을 보냈다. 친구 민수가 학교에서 돌아오면 밖에 나가 신나게 놀았다. 민수는 옥공예를 하는 집 아들이다. 민수를 통해 학교 이야기 듣는 게 재미있었다.

"우리 땅따먹기 할래?"

"그래."

그날도 땅바닥에 네모와 동그라미를 그리고, 손가락으로 뼘을 재어 집을 만들었다. 다음에는 돌을 튕겨서 다시 자기 집으로 돌아오는 놀이였다.

"너희들, 지금 뭐하냐? 그런 거 하면 못쓴다."

"왜요?"

동네 할아버지가 혀를 끌끌 찼다.

"민수야, 너희 집에 가서 옥공예 하는 거나 구경하자."

민수와 만섭이 나란히 민수네 집으로 갔다. 그런데 일본 사람이 집에 와 있었다. 일본 사람은 민수 아버지와 무슨 이야기를 비밀스럽게 소곤거리고 있었다. 일본 군복을 입고 허리에 긴 칼을 찬 사람이었다.

"아버지, 땅따먹기 한다고 혼났어요. 왜 하면 안 돼요?"

"시끄럽다. 저기 가서 놀아라."

민수 아버지는 두 아이를 내쫓듯 나가라고 했다.

일본 사람이 민수 아버지의 손을 잡자 민수 아버지는 두 손으로 일본 사람의 손을 덥석 감쌌다. 그러고는 몇 번이나 굽실거렸다.

"김상*, 믿스무니다."

★ 김상 : 김씨.

일본 사람이 만족한 듯 기분 좋게 웃으며 밖으로 나갔다.

"아버지, 저 사람은 누구예요?"

"어른들 일이니 알 거 없다."

민수 아버지는 헛기침을 몇 번 하더니, 아무 일도 없는 것처럼 옥공예 일을 시작했다. 민수 아버지가 옥을 손으로 만지작거리자 푸르스름한 빛이 났다. 작업실 안은 부연 옥가루가 날아다녔다. 보일 듯 말 듯 가물거리는 모습이 안개 속 같았다.

만섭은 일본 사람들이 마을을 휘젓고 다니는 게 싫었다. 어른들에게 함부로 대하는 건 더욱 미웠다. 제발 자기 나라로 가 버리면 좋겠다고 생각했다. 왜 우리나라에 와서 대장 노릇을 하는지 모르겠다.

민수 아버지가 정성을 다해 옥을 만지자, 어느 순간 거북이와 두꺼비가 뚝딱 만들어졌다.

"거북이랑 두꺼비는 왜 만들어요?"

"사람들이 복이 들어온다고 자꾸 찾으니까."

사람들은 민수 아버지가 만든 거북이와 두꺼비를 좋아했다. 거북이와 두꺼비를 만들려면 오랫동안 옥을 깎고, 사포로 문지르기를 반복해야 했다. 그러고도 한참 동안이나 정성을 들였다.

하지만 민수 아버지가 가장 많이 만드는 건 옥도장이다. 옥을 네모 모양으로 만들어서, 끌로 글자를 새겼다. 입으로 후후 불면서, 파고, 또 팠다. 오랫동안 똑같은 일을 반복했다. 그런 다음,

붉은 인주를 묻혀 흰 종이에 꾹 찍었다.

"우와 신기하네요."

"너도 배우면 할 수 있어."

'다음에 나도 꼭 만들어 봐야지.'

민수 아버지 말에 만섭은 언젠가 꼭 해 보리라 마음먹었다. 연필로 글씨를 써야만 글자가 만들어지는 줄 알았는데 옥도장을 찍으면 바로 글자가 나오는 게 언제 봐도 신기하기만 했다.

그러던 어느 날, 만섭 아버지가 돌 하나를 가져왔다.

"이게 뭐예요?"

"옥돌이란다. 네가 옥공예 이야기를 자주 해서 가져왔다."

"우리 아버지가 좋아하는 돌이네."

민수는 별로 놀라지도 않았다. 돌에서는 은빛이 반짝이는가 하면, 보라색 빛도 났다. 만섭은 돌을 손 위에 올려놓고, 눈을 떼지 못했다. 이쪽, 저쪽으로 옥돌을 돌려 보았다.

"아버지, 그러면 저도 민수 아버지처럼 두꺼비도 만들 수 있을까요?"

"배우면 할 수 있겠지. 누구는 엄마 뱃속에서 배웠겠니."

만섭은 아버지가 할 수 있다고 말해 주니 기분이 좋았다.

"옥은 갖고만 있어도 좋다고 하더라."

아버지는 조선시대부터 옥동리에서 옥이 많이 나왔다고 말해 주었다.

"진짜 옛날부터 옥이 있었네요."

"그럼."

옥매산은 전라우수영에서 배를 만들 때, 나무를 마련하는 산이었다고 한다.

"너, 이순신 장군 알지?"

"그럼요. 거북선 만든 장군이잖아요."

만섭은 자기가 아는 이순신 장군이 나오자 아는 체를 했다.

"이순신 장군이 해남 우수영에 있었을 때, 일본군에 비해 우리나라 수군(해군)의 수가 엄청 적었어."

"그래서요?"

"우리나라 수군이 적다는 게 알려지면, 일본군이 당장 쳐들어올 것 같았지. 이순신 장군이 꾀를 냈어. 마을 아주머니들에게 남자 옷을 입게 하고, 옥매산을 빙빙 돌게 했어."

만섭과 민수는 침을 꼴깍 삼켰다.

"먼 바다에서 볼 때 군사가 행군하는 것처럼 보이게 하려고 그런 거지. 일본군은 진짜로 이순신 장군에게 군사가 엄청 많은 줄 알고 겁을 먹고 달아나 버렸단다."

만섭과 민수는 약속한 것처럼 박수를 쳤다.

"그후로도 아주머니들은 서로 손을 잡고, 빙빙 돌면서 춤을 추었지. 그것이 지금까지 강강술래로 전해진 것이란다."

"아하. 그랬어요?"

만섭과 민수는 고개를 끄덕끄덕했다.

"그런데 걱정이다. 지금 일본 사람들이 옥매산에서 명반석을 파 가려 한다는 소문이 있어."

만섭 아버지는 어두운 낯빛으로 옥매산을 바라보며 말했다. 일본인들은 오래 전부터 조선 곳곳에서 명반석을 채굴해 갔다고 했다. 급기야는 옥매산까지 넘보는 모양이었다.

# 2

# 명반석 채굴

며칠이 지나자 소문은 진짜가 되었다.

"명반석이노 있으믄, 대일본 제국의 비행기노 만들 수노 있다."

"이이와,* 이이와!"

옥매산에 명반석이 있다는 걸 알게 된 일본인들은 무척 좋아했다. 그들이 어떻게 알아챘는지 마을 사람들은 궁금하기만 했다. 그동안 쉬쉬하며 비밀로 하고 있었기 때문이다.

더욱 놀라운 건 어느 날 갑자기 팔에 완장을 차고 나타난 민수 아버지였다.

"아, 글쎄, 명반석 있다는 것도 민수 아버지가 가르쳐 주었다

★ 이이와 : 좋아.

다던데."

"뭐라고요?"

사람들은 몸을 부르르 떨었다. 얼굴이 붉으락푸르락했다.

"이것이노 있으믄, 미 제국주의쯤이야 걱정이노 없다."

"김상, 당장이노, 이곳에 저장 창고를 짓도록. 알겠스무니까?"

"하이.*"

일본 사람들은 민수 아버지를 김상이라고 불렀다. 일본인들이 김상이라고 부르는 것은 김씨라고 높여 주는 말이다.

만섭 아버지는 민수 아버지가 일본 사람보다 더 미웠다. 앞으로 나라가 어떻게 될 것인지 가슴을 부여잡고 함께 애태웠던 친구였기 때문이다. 그런데 하루아침에 얼굴을 싹 바꾸었다.

"도대체 무슨 일일까?"

사람들은 말 한마디도 마음대로 할 수 없었다. 일본 사람이 시키는 대로 해야만 했다.

"김상, 책임이노 지고, 저장 창고 빨리노 만들도록! 알겠스무니까?"

"하이."

민수 아버지가 큰 소리로 대답하면서 머리를 숙였다.

★ 하이 : 네.

민수 아버지는 완전히 딴사람이 되었다.

"지금부터 내가 시키는 대로 해. 이제부터 내 말이 바로 대일본 제국 황제 폐하의 명령이다."

"아니, 저 사람이 언제부터 일본놈 앞잡이가 되었지?"

사람들은 괘씸해서 속이 썩어 문드러질 것만 같았다.

"지금 뭐시라고 했나?"

민수 아버지가 눈을 부라리며 소리쳤다. 일본 사람이 악 쓰는 것에 비교할 수 없을 정도로 야비하게 굴었다. 더 얄밉고, 더 꼴 보기 싫었다.

"벽을 쌀 때는 귀가 딱딱 맞게 쌓아야 한다고 몇 번이나 말했나?"

사사건건 잔소리였다. 사람들은 못 들은 척하고 일만 했다.

"야, 이놈들아, 정신들 차려! 똑바로 하란 말이야!"

민수 아버지가 또 먼저 나서서 난리다. 일본 사람이 볼 때는 더 못되게 굴었다. 말도 함부로 했다.

그러자 일본 사람도 더 험한 말로 사람들을 닦달했다.

"비가 안 새게 만들라고. 알겠어? 이 게으름뱅이 조센징."

일본인 관리자는 늘 총과 칼을 차고 다녔다. 말끝마다 독이 묻어 있었다. 독한 말들은 모두 우리나라 사람들의 가슴에 상처를 주었다. 민수 아버지도 똑같았다.

"저 인간이 도대체 어떻게 된 거야?"

"민수 아버지가 일본놈보다 더 나빠."

사람들은 너무 힘이 들 때면 민수 아버지 흉을 봤다. 그러고 나면 속이 조금 후련했다. 얼마 지나지 않아 옥매산에 저장 창고를 뚝딱 완성했다.

"흐흐흐, 김상, 고맙스무니다."

"하이, 하이."

민수 아버지는 오른손 엄지손가락을 치켜세웠다.

일본 사람은 흐뭇한 마음을 참지 못하고, 헤벌쭉 웃었다.

그날부터 옥매광산이 문을 열었다. 마을의 남자들은 광부로 불려 나갔다. 본격적인 명반석 채굴에 들어가게 되었다.

옥돌이 천지인 산이니 쉽게 끝날 줄 알았지만 돌을 반듯하게 깎아 내는 게 보통일이 아니었다. 바위를 다 캐고 난 다음부터는 굴을 파고 들어가서 돌을 캐야 했다. 광부들은 날마다 숨도 제대로 쉬지 못했다.

민수 아버지는 더 빨리 캐라고 채찍을 휘둘렀다. 채찍을 피하려고 하다가 한복 바지가 주르륵 흘러내리기 일쑤였다.

"이런 환장하겠네. 바지를 여기서 벗으면 어쩌란 말이여?"

민수 아버지가 킬킬거리며 비아냥거렸다.

"무슨 놈의 옷이 조금만 움직이면 주르륵이노 흘러내리나?"

일본인 관리자도 나서서 멀쩡한 한복을 트집 잡았다. 자기들은 일명 당꼬바지라는 이상한 모양의 옷을 입었다. 위는 헐렁하고, 밑은 단추 등으로 여미어 딱 붙게 한 바지였다. 다리에 딱 붙은 바지가 민망스러웠다.

옥매산 봉우리가 다 깎아지도록 명반석을 캐고, 캐고, 또 캐냈다. 얼마 지나지 않아 옥매산 봉우리들이 사라져 버렸다. 산이 깊숙이 패어 들어갔다. 깊게는 백 미터, 얕게는 이십 미터쯤 팠을 터였다.

"조센징이노, 창고에 함부로 들어오면 총살이다."

옥매산에서 캔 명반석들이 창고에 가득찼다. 명반석을 넣어 둘 때 말고는 광부들은 창고에 기웃거리지도 못하게 했다. 마치 금광석을 숨겨 놓은 것처럼 철저하게 감시했다.

어느 날이었다. 만섭은 아버지가 갈아입을 옷을 가지고 옥매산에 갔다.

"몇 살이노?"

"열세 살입니다."

"똘똘이노 생겼다."

일본군 장교가 말했다

"만섭은 지금부터 명반석이노 캐야 한다."

"……."

만섭 아버지는 하늘이 무너지는 것 같았다. 아직 다 자라지도 않은 아이가 험한 일을 해야 한다는 게 억울하기만 했다.

만섭도 아버지도 눈물을 주르륵 흘렸다. 그저 일본인 군인과 관리자가 시키는 대로, 민수 아버지가 시키는 대로 일을 할 수밖에 없었다.

"아버지, 도대체 명반석은 왜 캐는 거예요?"

"비행기 만드는 데 필요하단다."

만섭 아버지는 일본 사람의 귀에 들리지 않게 소곤소곤 말했다. 만섭은 아버지의 말을 들으며 속이 뒤틀렸다.

"내가 빨리 커서 어른이 되면 가만두지 않을 거야."

만섭은 두 주먹을 불끈 쥐었다. 어서 커서 힘이 센 사람이 되고 싶었다. 칼도 쓸 줄 알고, 총도 쏠 줄 아는 사람이 되겠노라고 다짐했다.

"아버지, 지금 옥매산에서 명반석을 캐는 사람이 엄청 많아요."

"그래. 옥매산 근처 마을에 사는 사람들은 모두 강제로 데리고 왔다더라."

그렇게 날마다 천 명이 넘는 광부들이 명반석을 캐다 보니, 벌겋게 드러난 옥매산은 나라 잃은 사람들의 속내를 다 보여주는 것 같았다.

"조센징, 많이많이 데려와. 일이노 많이 해야 해. 알겠스므니까?"

"하이."

날마다 옥매산 주변의 마을인 원문리, 삼호리, 옥동리, 성산

리, 관춘리, 부곡리, 등등에서 사람들을 무조건 끌고 왔다. 어느새 광부가 천이백 명이 넘었다.

"조용히노 하고, 내 말이노 잘 든도록. 게으름이노 피우고, 딴 짓이노 하면 총이노 쏜다. 알겠스무니까?"

"알았어요."

"빠가야로."

일본군 장교는 무조건 총을 들이댔다. 자기들이 원하는 말을 들을 때까지 총부리를 겨누고, 겁을 주었다.

마을 사람들은 총이 무서웠다. 잘 알지도 못하면서 무조건 일본 군인이 묻는 말에 하이, 라고 대답할 수밖에 없었다.

"이이와, 이이와!"

그제야 만족했는지 기분 좋아진 일본 사람이 입꼬리를 치켜올렸다.

그들은 옥매산을 명반석 광산으로 개발하면서 오래된 소나무도 마음대로 뽑아 버렸다. 오로지 수십억 톤의 명반석을 캐내기 위해서였다.

그러더니 명반석 저장 창고를 또 만든다는 소문이 돌았다.

# 3
# 옥선창 저장고

"오늘부터 옥선창(옥매산 선창)에 명반석 창고를 짓스무니다."

일본군 장교가 큰 소리로 말했다.

"여기는 조금만 남고, 모두 옥선창으로 가란 말여. 알겠나? 빨리 서두르라고!"

이번엔 민수 아버지가 소리쳤다. 완전 일본 사람이나 다를 바 없었다.

선별된 광부들은 모두 옥선창으로 갔다. 만섭 아버지도 만섭을 앞장세우고 서둘러야 했다. 일본인이 허리에 찬 긴 칼이 무서웠다. 총도 무서웠다. 민수 아버지의 어깨에 두른 누런 완장이 사람들을 더욱 몰아세우는 것 같았다.

"또 창고를 짓는다고 해요."

"뭐라고? 우리들이 창고 짓는 기계여?"

만섭 아버지는 한숨을 내쉬었다. 광부들은 정신을 차릴 수가 없었다. 머리에 쥐가 날 지경이었다.

"바로 여기다. 시멘트로 엄청 크게 지을 거니까 부지런히 해."

민수 아버지는 틈만 나면 큰 소리로 명령을 했다.

옥매산에서 캐낸 명반석을 선창 저장고까지 옮긴 다음, 배에 실어 일본으로 보낸다고 했다.

"힘이노 세고, 기술이노 좋은 사람만 왔스무니까?"

일본군 장교는 생각만 해도 기분이 아주 좋은지 싱글거리며 말했다.

"하이."

민수 아버지가 큰 소리로 대답했다.

일본군 장교는 뭐든지 민수 아버지에게 시켰다. 그러면 민수 아버지는 완장 찬 팔을 높이 휘저었다. 가슴을 앞으로 쭉 내밀고 꼿꼿하게 걸었다. 민수 아버지는 그 완장의 힘으로 일본군보다 더 사나웠다.

"틈만 나면 게으름 피우려고 한다니까. 조센징들은 때려야 말을 잘 들어."

민수 아버지 입에서 나온 말들은 독이었다. 일본 사람에게 딱 붙어서 우리나라 사람들의 작은 손짓 발짓 하나하나를 낱낱이 감시했다. 사소한 가정사까지 일일이 일본군 장교 귀에 대고 일러바쳤다.

"저번에 일본군 장교가 민수네 집에 몰래 다녀갔다네."

"나도 들었네."

만섭 아버지는 두 주먹을 불끈 쥐었다.

"만섭아, 너는 무엇이든 시키는 대로 해야 한다."

"알았어요."

"정신 똑바로 차려야 우리가 산다."

만섭 아버지는 만섭에게 일렀다. 옳으니 그르니 따지지도 말라고 했다. 일단 일본 사람 눈 밖에 나면 죽음밖에 없었다.

옥선창에 저장고를 짓기 시작했다. 우리나라에서는 집을 지을 때, 흙 반죽에 짚을 듬성듬성 넣어 벽을 쌓았다. 벽을 쌓고, 마르기를 기다린 다음, 그 위에 벽을 더 올리는 방식으로 조금씩 쌓아 갔다. 하지만 일본식 집짓기는 시멘트를 반죽해서 뚝딱 짓기 때문에 속도가 빨랐다.

"조센징이노, 빠가야로."

일본군 장교는 말을 못 알아듣는다고 화를 냈다. 칼과 채찍을 휘두를 때면, 간이 콩알만 해져서 숨도 제대로 쉬지 못했다.

"빨리빨리노 일해. 레일이노 설치노 한다."

"넵."

일본군 장교가 명령을 할 때마다 광부들은 바로 대답을 해야 했다. 일이야 여럿이 하는 거지만, 어쩌다 대답이 늦으면 총부리로 맞았다.

"명반석을 일본으로 가져 가려고 눈이 뒤집혔네. 하는 짓거리 하고는 속내가 꽹과리 속이여."

"하늘도 무심하시지."

"저렇게 독한 놈들은 꼭 벌을 받을 거야."

광부들은 입술을 옴짝거리며 소곤거렸다. 만섭 아버지도 욕심만 챙기는 일본 사람들을 죽이고 싶도록 미웠다.

"벼락 맞아 뒈질 놈들, 자기들은 부모도 없이 하늘에서 뚝 떨어졌남. 나이 많은 어른에게 욕이나 하고 함부로 하다니."

만섭 아버지는 혼잣말을 하면서 가슴을 쥐어짰다. 또 가슴앓이가 도진 모양이다. 억울한 일을 당하면 나타나는 증상이다. 속 시원하게 퍼붓지도 못하고, 끙끙거리며 참다가 생긴 병이다.

"아버지, 또 가슴이 아파요?"

만섭 아버지는 고개를 끄덕였다. 그럴 때마다 만섭은 아버지가 걱정이었다. 가끔은 쓰러져서 숨을 제대로 못 쉬기도 했다. 더 이상 아무것도 묻지 못했다. 민수 아버지가 다가오고 있었기 때문이다.

"어이, 거기, 조센징, 조센징!"

민수 아버지가 언제 만섭 아버지를 봤는지 소리쳤다. 둘은 어릴 때부터 둘도 없는 친구였다. 그런데 민수 아버지가 완장을 차고부터 완전히 달라졌다. 특히 일본군 장교가 볼 때마다 더욱 만섭 아버지를 닦달했다.

30

"민수 아버지 속을 모르겠어."

"왜 그럴까? 금방 후회할 짓을."

광부들이 수군거리며 걱정했다.

만섭은 온몸이 부르르 떨렸다.

일본군은 여전히 칼을 차고 돌아다녔다. 만섭 아버지는 아픈 걸 꾹 참았다. 명반석 저장고를 짓기 위해 시멘트 반죽을 하고, 시키는 대로 쌓는 일을 계속했다. 시멘트 반죽 덩어리가 한복 바지에 묻으면 얼마 후에 굳어서 뻣뻣해졌다.

"이게 뭐지?"

깜짝 놀란 광부들이 맨손으로 시멘트 반죽을 떼어내려고 애를 썼다. 그러면 아직 덜 굳은 시멘트 덩어리가 손에 묻어 버렸다. 손뿐만 아니었다. 얼굴에도 시멘트 반죽이 묻어서 덕지덕지 들러붙어 있었다.

"얼굴에도 시멘트 떡이 붙었어."

"사돈 남 말 하네. 자기는 더 큰 시멘트가 붙었는데."

광부들은 서로 얼굴을 보며 말하다가 기가 막혀서 웃음이 나오고 말았다. 얼굴뿐 아니라 옷에도, 손에도, 발에도 시멘트를 뒤집어썼다.

"빠가야로, 시멘트노 얼마나 비싼데 장난질이노 해? 정신이노 빠졌나? 조센징, 조센징!"

어느새 일본군 장교와 민수 아버지가 쫓아왔다. 무조건 광부들 앞으로 가서 채찍을 휘둘러 댔다.

"조센징, 너희가 입은 옷 다 팔아도 시멘트 한 줌 값도 아니되무니다."

광부들은 놀라서 급하게 흩어졌다.

얼마 지나지 않아 옥선창에 콘크리트 창고가 뚝딱 완성되었다. 높이 10미터, 길이 30미터, 벽 두께는 1미터가 넘는 거대한 모습이었다. 시커먼 괴물처럼 보였다. 무엇이든 다 삼켜 버릴 것만 같았다.

그날부터 바로 일을 시작했다. 옥매산에서 캔 명반석을 케블카에 싣고 내려와 저장고 지붕 위 뻥 뚫린 구멍 속으로 쏟아부었다. 옥선창 저장고에 명반석을 가득 모아 두었다가 배가 들어오면 레일을 따라 선착장까지 옮겨가 배에 실었다.

"자, 빨리빨리 움직여라!"

화물선으로 수십 차례나 명반석을 옮기고 나자 저장고가 텅 빌 정도가 되었다.

그렇게 해서 명반석을 가득 실은 배가 떠나고 나면, 일본인들은 다시 돌을 캐라고 재촉했다. 사람들은 부지런히 명반석을 캐서 저장고로 옮겨야 했다.

그 일을 사람들은 수도 없이 반복해야 했다. 명반석을 캐서 저장고로 옮기고, 다시 배에 실어 일본으로 떠나 보냈다.

어느 날이었다. 일본인 직원이 광부들을 불러모았다.

"오늘은 이만 집으로 돌아간다. 알아스무니까?"

무슨 속셈인지 다른 날보다 일찍 일을 끝내고 집으로 보냈다.

"이런 날도 다 있네. 내일은 해가 서쪽에서 뜨는 거 아녀?"

"그러게. 별 일이여."

날마다 별 보고 출근했다가 별 보며 퇴근을 했는데, 해가 있을 때 집으로 돌아가면서 광부들은 왠지 불안했다.

# 4
## 새벽에 떠나는 배

1945년 4월 새벽이었다.

일본군은 새벽 일찍부터 사람들을 광산으로 불러모았다. 그런데 작업장의 분위기가 왠지 어수선했다. 일본 군인들이 바쁘게 움직이고 있었다. 민수 아버지는 어디로 갔는지 보이지 않았다. 광부들은 일본 사람들의 눈치를 보며 몰래 수군거렸다.

"뭔 일이 난 겨? 왜들 저렇게 부산스러운겨?"

"낸들 알겠나? 또 뭔 일을 시키려고 저 야단인지 모르겠네."

"근데, 선착장에 엄청 큰 배가 들어와 있다는데 뭔 배지요?"

"배가? 아직 명반석을 실어 가려면 한참 멀었는데?"

"저놈들이 또 뭔 일을 꾸미는 건지 모르겠어라."

만섭은 어른들이 걱정하는 소릴 들으며 일을 계속했다. 어제까지는 아버지가 파놓은 돌을 옮겼지만 이제는 쇠꼬챙이로 돌을 직접 캐내는 일을 했다. 아버지는 더 깊은 곳으로 들어가 돌을 캐는 일을 했다.

그때였다.

"여기 있는 광부들은 지금 당장 선착장으로 모인다!"

"지금이요?"

"빨리빨리. 시간이노 없다."

어디선가 일본군 장교가 무장한 군인과 순사들을 잔뜩 이끌고서 우르르 나타나서 광부들을 닦달했다. 옥매산 중턱에서 일을 하던 광부들 중에서도 끌려 내려온 사람들이 있었다.

얼마 지나지 않아 선착장에는 200여 명이 넘는 광부들이 모여들었다. 광부들은 아무것도 모른 채 삼삼오오 모여 웅성거리고 있었다. 모두들 겁에 질린 모습이었다.

아마도 배에 태우려는 것 같았다. 그런데도 주위 사람들은 물론 가족에게조차 알릴 수 없었다. 나이 많은 사람, 젊은이 할 것 없이 남자만 골라서 끌고 갔다.

"아버지, 어디로 가는 거예요?"

아버지는 머리만 흔들 뿐 아무 말도 못 했다. 다른 집들도 형제나 아버지와 아들이 한꺼번에 끌려갔다.

어디선가 선착장 가까이 사는 아주머니가 달려 나왔다.

"우리 남편을 어디로 데려가요?"

아주머니는 어깨를 움츠리며 조심스럽게 물었다.

"시끄럽다! 알것이노 없다."

일본군이 총부리로 아주머니를 밀쳐냈다. 아주머니는 힘없이 바닥에 쓰러지고 말았다.

"우리 아들이 9대 장손이에요. 제가 대신 가면 안 돼요?."

그 와중에 큰 소리로 울부짖는 할머니도 있었다.

"이런, 정신이노 없는 할망구를 봤나? 죽고 싶어 환장이노 했나? 탕!"

할머니는 그 자리에 철퍼덕 쓰러지고 말았다.

'쯧쯧쯧. 죽일 놈들!'

사람들은 들릴 듯 말 듯한 목소리로 우물거렸다.

"조센징이노 돈이노 많이 벌게 해 준다는데, 무슨 불만이노 그리 많나?"

일본군 장교가 쩌렁쩌렁한 목소리로 소리쳤다. 광부들은 일본군과 순사들의 포위 속에 아무런 영문도 모른 채, 마치 굴비를 엮듯 줄줄이 배로 끌려갔다. 바로 부두에 세워 놓았던 큰 배에 태워졌다. 필요한 연장도 실었다. 옥매광산의 일본인 간부도 몇 명 탔다.

"누구든 한마디만 더 하면, 가만이노 두지 않겠다. 탕, 탕, 탕!"

하늘을 향해 또 총을 쐈다. 광부들을 다 태우자 뱃고동 소리도 없이 배가 급하게 출발했다. 이렇게 두 차례에 걸쳐 광부들은 배에 실려져 어딘론가 떠나갔다.

선착장에 남은 사람들은 무슨 일이 벌어지고 있는지 영문을 몰라 답답하기만 했다.

"대체 이것이 무슨 일이에요?"

따라 나온 가족들은 일본군이 무서워 눈치만 보다가 배가 눈앞에서 점점 사라져 가는 걸 보고는 복받쳐오는 설움을 더 이상 참지 못했다.

"제발 살아서만 돌아오시오. 꼭 살아서 돌아오라!"

"조용히 해라! 누가 죽기라도 했나?"

일본 군인이 윽박지르듯이 큰 소리를 쳤다. 그러나 무사히 배가 떠나자 마음이 누그러졌는지 더이상 닦달하지는 않았다. 자기들 계획대로 일이 되었다는 듯이 얼굴에 옅은 미소를 띠었다.

사람들은 누구나 이 일이 얼마나 비밀스럽게 진행되었는지 알고 있었다. 떳떳한 일이라면 아무도 모르게 이 새벽에 몰래 배에 태워 보냈을까.

"호랑말코 같은 놈들!"

남겨진 사람들은 일본인들에게 들리지 않을 만큼 작은 목소리로 소곤거렸다.

다행히 만섭은 아버지와 형과 같은 배에 탔다. 파도가 어찌나 사나운지 이리저리 자꾸만 흔들거렸다. 어디로 갈지 모르지만 아버지가 곁에 있어서 그나마 안심이 되었다.

“만섭아, 만호야, 나라를 지키지 못해서 미안하다.”

“그게 아버지 탓인가요? 몸이나 잘 챙겨요.”

만호가 아버지를 걱정하며 어른스럽게 말했다.

“이까짓 몸이야 시간이 지나면 낫겠지.”

만섭도 아버지의 건강이 걱정이었다. 아버지는 광부일을 하면서 돌가루를 많이 삼켜서인지 시도 때도 없이 캑캑거리며 기침을 해댔다.

“만섭아, 만호야, 어디서 무슨 일을 하든지 반드시 살아 있어야 한다.”

“알았어요. 왜 자꾸 같은 말을 몇 번씩이나 해요.”

“웩웩!”

그때 만섭이 갑자기 토하기 시작했다. 배 멀미를 얼마나 심하게 하는지 똥물까지 다 토해 냈다. 그러고 나서 기진맥진 하더니 쓰러져 버렸다.

# 5
# 제주도 강제동원

 며칠이나 지났을까. 만섭은 소란스런 소리에 눈을 떴다. 제주도 모슬포항이었다.

 "빨리노 내려. 시간이노 없다."

 배를 타는 동안은 그나마 조용하더니, 또 시작이다. 말 한마디 나눌 사이도 없이 뿔뿔이 흩어졌다. 곧바로 어두컴컴한 굴 속으로 데려갔다.

 만섭과 아버지는 산방산 일대에서 동굴 파는 일을 했다.

 만호 형은 아쉽게도 성산 일출봉으로 끌려 갔다. 해안가에서 아주 큰 굴 파는 일을 한다는 것이었다.

 "여러분은 대일본 제국 천황 폐하의 은덕으로 이곳에 오게 되었스무니다. 영광으로 알아야 하무니다. 알겠스무니까?"

 책임자로 보이는 일본군이 큰 소리로 외쳤다.

"땅을 잘 파는 광부니까 이 정도쯤이야 식은 죽 먹기지."

어디선가 민수 아버지가 불쑥 나타나 빈정거리며 말했다.

그제야 광부들은 자신들이 제주도로 끌려온 이유를 알게 되었다. 일본군은 제주도에다 동굴을 파서 군인과 무기를 숨길 수 있는 군사시설을 만들려고 했다. 그런데 제주도가 온통 바위로 이뤄져 있어 일이 쉽지 않았다. 그래서 굴을 잘 파는 광부들을 급히 끌고 와서 일을 시키려고 이 난리였다.

밤새 굴을 파고 나자 새벽이 부옇게 밝아 왔다. 제주도에서 첫 끼니가 나왔다. 주먹밥이었다.

"이게 무슨 밥이에요?"

만섭은 수수주먹밥을 벌레 보듯 바라보았다. 수수 껍질이 덕지덕지 섞인 주먹밥이었다. 배는 고파서 허리가 고꾸라지게 생겼지만 도저히 먹을 수가 없었다.

"아버지, 입안에서 껍데기가 돌아다녀요."

"그래도 먹어야 산다."

만섭은 억지로 먹으려 했지만, 어찌나 깔깔하던지 목안으로 넘겨지지가 않았다. 기껏 국이라고 준 것은 풀을 넣어 끓인 소금물뿐이었다.

"무조건 먹어야 산다."

만섭 아버지는 수수주먹밥을 꾸역꾸역 먹었다. 만섭도 아버지를 따라 주먹밥을 먹으며 눈물을 주르륵 흘렸다.

"여기에서 잠이노 잔다. 절대로 밖에 나오면 안 된다. 알겠나?"

땅굴 공사장은 감시가 철저했다. 광부들이 옴짝달싹 못 하게 했다.

"아버지."

만섭은 몸을 부르르 떨었다. 숙소는 절벽 앞에 땅을 파고, 그 위에 종잇장 같은 천으로 천막을 씌운 곳이었다. 이불이라고 준 것은 낡을 대로 낡고 닳아져서 먼지가 풀풀 날리는 일본 담요였다. 담요에서는 계란 썩은 냄새가 났다.

"아버지, 냄새가 고약해요."

"찬밥 더운밥 가릴 처지냐. 어쩌겠니?"

만섭은 아버지 옆에 딱 붙었다. 너무 춥고, 무서워서 잠이 오지 않았다.

찍찍!

"아버지, 쥐예요!"

만섭이 깜짝 놀라 후다닥 일어났다. 동물 중에서도 쥐를 가장 무서워하는 만섭은 어쩔 줄 몰라 했다.

"쉿, 조용히 해. 일본군이 들으면 총을 쏠지도 몰라."

"흑흑."

만섭은 입을 틀어막고, 서럽게 울었다. 쥐가 여기저기에서 찍찍거리며 돌아다녔다. 결국 한숨도 자지 못했다.

다음 날은 밤에 굴을 파고, 낮에 잠을 잤다.

"이 넓은 제주도 바다에서 언제까지 굴을 파야 해요?"

"그러게 말이다."

아버지가 한숨을 내쉬며 힘없이 대꾸했다.

굴은 두 사람이 겨우 비켜갈 수 있을 정도로 좁았다. 바위를 깨려고 힘을 쓰다가 머리를 조금만 쳐들어도 천장에 부딪쳤다.

"아얏!"

만섭은 머리가 벌겋게 부풀어 올랐다. 안전복도 없었고, 바위를 정으로, 곡괭이로 팠다. 그 좁은 곳에서 3인 1조가 되어 바위를 뚫고, 뚫고, 또 뚫었다.

"아이고 배야!"

만섭이 두 손으로 엉덩이를 붙잡고 급히 굴을 빠져 나갔다. 굴 밖으로 나가다가 설사를 주르륵 흘리고 말았다.

"조센징, 으, 냄새노 고약이노 하다."

일본군이 채찍으로 만섭의 등을 사정없이 내리쳤다.

"윽."

만섭은 그 자리에 고꾸라졌다.

"일어나, 빨리빨리 일어난다!"

"아이가 배가 아파서 그래요. 제발 때리지 마시오."

"빠가야로, 시끄럽다."

일본군이 이번엔 만섭의 아버지를 향해 채찍을 휘둘렀다. 만

섭 아버지도 바닥에 쓰러졌다.

"쉬지노 말고, 계속이노 계속이노 파라."

만섭과 아버지는 비틀거리면서도 얼른 일어났다. 그러고는 또 굴을 팠다. 굴속에는 똥냄새가 가득 퍼졌다.

일을 끝내고 나니 만섭의 바지에 똥물이 묻어 엉덩이에 딱 달라붙어 있었다. 빨리 나가서 씻으려고 했지만 밖으로 나가는 길이 한참이나 걸렸다. 지나가는데 천장에서 돌덩이가 자꾸 떨어졌다. 몸 구석구석이 온통 상처투성이였다.

몸을 비틀어 천막에 누웠다. 만섭이 잠을 자려 누우면 머리에서 윙윙대는 소리가 들렸다.

"아버지, 살려 줘, 살려 줘."

만섭이 헛소리를 했다.

"이 노릇을 어쩌지."

만섭 아버지는 만섭을 끌어안고 소리 죽여 울었다. 만섭이 토하고, 설사를 했으니 기운이 없어서 큰일이 날까 봐 걱정이었다.

그때 천막에 시커먼 그림자가 어른거렸다.

"누, 누구~."

만섭 아버지가 채 말을 잇지 못했다.

천막을 젖히고 얼굴을 드러낸 사람은 바로 민수 아버지였다. 아무 말도 하지 않고, 돌돌 말린 호박잎을 내밀었다.

그때였다.

"김상, 여긴 무슨 일이노 있스무니까?"

일본 군인이 민수 아버지를 본 모양이었다.

"아, 아니므니다. 잠이노 잘 자는지 점호노 해쓰무니다."

민수 아버지 목소리가 떨리는 것 같았다. 그들은 곧 천막에서 멀리 사라져 갔다.

"아버지, 뭐예요."

만섭이 힘없이 물었다.

만섭 아버지는 호박잎을 조심스럽게 풀었다. 거기엔 흰죽이 조금 들어 있었다. 만섭은 숨도 쉬지 않고 후루룩 핥아먹었다.

그 흰죽 덕분인지 다음 날은 속이 편안해졌다.


날마다 굴 파는 일은 계속되었다. 4월부터 8월까지 컴컴한 굴 속에서 굴만 팠다. 광부들은 모두 삐쩍 말랐다. 갈비뼈가 앙상하게 드러나 있었다.

"만호 형은 잘 있겠지요?"

만섭은 틈이 날 때마다 형 생각이 났다.

"그래야지. 잘 견디고 있을 거다."

아버지가 긴 한숨을 내쉬며 다짐하듯이 말했다.

어느 날이었다. 그날도 굴 파는 일을 끝내고, 비몽사몽간에 잠이 들락 말락 하는데 시커먼 그림자가 천막 앞에 어른거렸다.

'산짐승인가?'

만섭 아버지는 가슴이 덜컥 내려앉았다. 얼른 옆을 보았다. 만섭은 새우처럼 웅크린 채 잠들어 있었다. 몇 번을 망설이다가 천막 밖을 살짝 내다보았다. 아무도 없었다.

'휴.'

저멀리 민수 아버지가 걸어가고 있었다.

매일 반복되는 강제 노동에 지쳐 날짜가 가는 줄도 모르던 어느 날이었다.

"미국이 이겼대."

"뭐?"

만섭 아버지는 일본군 병사들의 소곤거리는 소리를 듣고 일본의 패전 소식을 알게 되었다.

1945년 8월 15일이었다.

"우리나라가 해방이 되었대요!"

"정말이오?"

광부들은 너무 좋아서 어쩔 줄 몰라 했다.

"쉿."

"아직은 조심해야 돼요."

이틀이 지났다.

"휴전이노 되었스무니다."

일본 사람이 나지막이 말했다. 그렇게 큰 소리만 치던 사나운

목소리는 아예 풀이 죽어 있었다.

"아버지, 진짜로 집에 갈 수 있는 거예요!"

"그럼!"

만섭은 너무 좋아서 저도 모르게 큰 소리가 나오고 말았다. 고향으로 돌아갈 수 있다고 생각하니 얼굴이 환해졌다.

만섭 아버지도 마찬가지였다. 다시는 고향으로 돌아가지 못할지도 모른다는 생각에 숨이 턱 막히곤 했다. 제주도 바다에 몸을 던져 버리고 싶은 적이 한두 번이 아니었다.

"우리가 항복이노 했스무니다."

일본인 관리자가 어제보다 더 힘없는 목소리로 인정했다.

"와, 해방이다!"

"만세, 만세! 만세!"

누가 먼저랄 것도 없이 광부들은 두 팔을 번쩍 들고 만세를 외쳤다. 저도 모르게 기쁨의 눈물을 흘렸다.

# 6
# 고향으로 가는 배

옥매광산 광부들은 고향으로 돌아간다는 희망에 부풀었다. 고향으로 다시 돌아갈 수 있게 됐다는 기쁨에 볼을 몇 번이나 꼬집어 보았다.

"도대체 왜 배가 안 오는 거예요?"

"조금이노. 기다리면 배가 오므니다."

일본인 관리자는 배가 온다는 말만 되풀이했다. 조금도 서두르는 기색이 없었다. 눈을 내리깔고, 뭔가 숨기는 듯한 모습이 역력했다.

옥매산 광부들은 발을 동동 구르며 뜬눈으로 배를 기다렸다.

"배가 오는 거요? 안 오는 거요?"

"금방이노 오므니다."

일본인 관리자는 풀죽은 목소리로 말했다.

해방이 된 지 일주일이 지났다.

새벽 한 시였다. 드디어 작은 배 한 척이 도착했다. 정원 백 명이 타는 배였다. 하지만 고향으로 돌아가고 싶은 그 간절함에 이백 명이 넘는 광부들이 배에 꾸역꾸역 탔다.

"이렇게 작은 배에 사람이 너무 많이 탔어요."

"배를 두 대는 불러야 하는데. 지독한 놈들이 기름값 아끼려고 그러는 모양이에요."

광부들은 배가 비좁아서 숨쉬기도 힘들었다. 사방이 딱 붙어서 몸을 움직이는 것도 어려웠다.

"그래도 어쩔 것이여. 조금만 참아야죠."

"그럼. 더 많이도 참았는데. 이것쯤이야 못 참겠어요."

옥매산 광부들 얼굴은 시커멓게 타서 산적 같았지만, 마음은 하늘이라도 날아다닐 것처럼 가벼웠다.

"네 형, 못 봤냐?"

"무슨 일인지 안 보여요."

만섭 아버지는 눈으로 만호를 애타게 찾고 있었다. 움직일 수가 없어서 사람들에게 물어봐도 못 봤다는 말뿐이었다.

"아버지, 도착해서 내릴 때 보면 만나겠지요."

"그러겠지."

드디어 배가 통통 소리를 내며 움직이기 시작했다. 느리게, 느리게 바다를 건넜다. 만섭과 아버지는 잠도 오지 않았다. 곧 집에 간다고 생각하니 피곤한 줄도 몰랐다.

작은 배에 사람이 너무 많이 타서일까. 바다에 짙은 안개가 끼어서일까. 애타는 마음과는 반대로 배는 느리기만 했다. 시커먼 바다를 밤새 건너고 또 건넜다.

"여기가 어디쯤이요?"

"아까 일본놈들이 하는 소리를 들었는데, 추자도 지나 청산도 어쩌고 했어요."

"다 왔네요. 청산도면 완도니까 다 온 거나 마찬가지요."

광부들은 집이 가까워진다는 말에 흥분을 감추지 못했다. 오랜만에 허연 이를 드러내놓고 활짝 웃었다.

그때였다.

투투툭.

갑자기 기관실에서 이상한 소리가 났다.

"무슨 소리죠?"

"배에서 나는 소린데."

광부들이 웅성거렸다. 얼마 지나지 않아 배가 바다 한가운데에 뚝 멈춰서고 말았다. 선원들이 갈고리를 손에 들고, 기관실 여기저기를 쑤셔 댔다.

"왜, 배가 안 가요?"

"고장 났어요?"

선원들은 아무 말도 하지 않았다. 자기들끼리 뭔가 숙덕거리며 귓속말을 했다.

쾅!

갑자기 배에서 큰 폭발 소리가 났다. 배가 심하게 흔들렸다. 그러더니 배가 천천히 기울기 시작했다. 곧이어 기관실 쪽에서 검은 연기가 솟아올랐다.

"불이다!"

누군가 소리쳤다. 광부들은 어쩔 줄 몰라 했다. 살려 달라고 소리쳤다. 우왕좌왕하다가 너도 나도 바다로 뛰어들었다.

"만섭아, 우리도 뛰어내리자."

"무서워요."

그때, 눈앞에 제법 큼직한 나무판자 하나가 보였다. 만섭 아버지는 얼른 집어들었다.

"이 나무판자를 절대 놓지 마라. 네 생명줄이다."

만섭은 고개를 끄덕였다. 나무판자를 잡은 손이 벌벌 떨렸다.

"자, 뛰어!"

아버지와 만섭은 손을 꼭 잡고 바다로 뛰어내렸다. 하지만 바다로 빠지면서 만섭은 아버지 손을 놓치고 말았다. 만섭은 나무판자만 붙잡고 허우적거렸다.

"아버지, 아버지!"

"어어~ 이게 무슨 일이에요."

"코딱지만 한 배에다가 사람들을 너무 많이 실었으니 사고가 날 수밖에 없지."

광부들이 갈팡질팡 방향을 잡지 못했다.

"고향을 눈앞에 두고도, 일본놈들 때문에 다 죽게 생겼어요."

바다에 빠진 광부들이 허우적거리면서 소리치고 또 소리쳤다. 파도에 휩쓸리며 이리저리 떠밀려 다녔다.

몇 시간이나 지났을까.

"붕~~."

멀리서 일본 군함이 나타나더니 사고 지점까지 다가왔다.

"이제 살았어요!"

"휴우."

광부들은 안도의 한숨을 내쉬었다. 일본군은 바다에 표류하는 사람들을 하나둘 구하기 시작했다. 그러나 구조된 일본인 관리자가, 물에 빠진 광부들 대부분이 조선인이라고 하자, 일본군의 태도가 금세 바뀌었다.

"아나따와 니혼진데스까? 조센진데스까?*"

"와타시와 니혼진데스.**"

그들은 일본말로 대답하는 사람만 골라 구해 주었다. 따라서 처음에 구조된 광부들 몇 명 말고는 일본인 관리자와 일본 군인만 구조한 꼴이 되고 말았다.

★당신은 일본인입니까, 조선인입니까?
★★나는 일본인이오.

일본군은 더이상 일본인이 없는 것을 확인한 후 배의 시동을 걸었다.

"우리도 살려 주세요. 제발 좀 살려 주세요."

바다에 흩어져 있던 옥매산 광부들이 큰 소리로 외쳤다.

"기다려라. 배는 또 오무니다."

일본 군함은 살려 달라고 아우성치는 광부들을 그대로 버려둔 채 후다닥 현장을 떠나 버렸다. 운좋게 처음에 구조된 광부들 말고 나머지 200명에 가까운 사람들은 그대로 바다에 남겨졌다.

군함이 떠난 뒤, 광부들은 더이상 버티지 못했다. 많은 사람들이 바다에서 그대로 목숨을 잃었다.

만섭은 눈앞에서 그 모습을 다 보고 말았다. 보고도 도저히 믿을 수 없었다. 온몸에 힘이 풀렸다. 그럴수록 아버지가 생명줄이라고 했던 작은 나무판자를 더 굳세게 붙잡았다.

주변 바다가 시커먼 기름으로 범벅이 되었다. 그나마 살아남은 광부들은 바다에 떠다니는 잡동사니에 매달린 채 버텼고, 몇몇은 헤엄을 쳐서 육지 쪽으로 가려고 애를 썼다. 하지만 파도는 또 어찌나 세차게 몰아치는지 정신을 차릴 수가 없었다.

"아버지, 어디 있어요. 아버지!"

만섭은 아버지를 애타게 부르며 정신이 점점 희미해져 갔다.

희망을 잃은 광부들은 정신줄을 놓아 버렸다. 그저 밀려오는 파도에 이리저리 떠밀려 다닐 뿐이었다.

# 7
## 따뜻하게 맞아 주다

"저기 좀 봐요. 사람들인 거 같은데요."

청산도 어부들은 고기를 잡으려고 바다에 나왔다가 광부들을 발견했다. 바닷가에 수십 명이나 되는 사람들이 쓰러져 있었다. 그중에는 민수 아버지도 끼어 있었다.

"여보세요, 정신 좀 차리세요."

"얼른 마을에 가서 사람들을 데려와야겠어요."

"빨리요, 빨리. 다들 추운가 봐요. 벌벌 떨어요."

청산도 어부들이 사람들을 들쳐업고, 바닷가에서 가장 가까운 집으로 달려갔다.

"이것이 무슨 일일까요!"

"고기 잡는 사람들은 아닌 것 같아요."

조용한 청산도 섬마을에 이런 일은 처음이었다. 그 소식을 들은 청산도 어부들이 집집마다 광부들을 방에 눕히고, 이불을 덮어 주었다. 수건에 따뜻한 물을 적셔 오물로 범벅이 된 얼굴을 닦아 주었다.

얼마나 지났을까. 쓰러졌던 사람들이 하나둘 깨어났다.

"으음."

"이제 정신이 좀 들어요?"

청산도 어부들은 사람들이 깨어나자 몹시 반가워했다.

"여, 여기가 어, 어디에요?"

"청산도예요."

광부들이 겨우 정신을 차리자 배를 같이 탔던 사람들부터 찾았다.

"으으, 영식이 아버지가 안 보이는데요?"

"덕구도 안 보이고, 성칠이도 없는데?"

광부들은 비척비척 바다로 걸어나갔다.

"내 옆에 앉은 갑식이도 없어요."

"이백 명도 넘는 사람이 탔는데, 산 사람이 반도 안 되네요."

광부들은 미친 사람처럼 이름을 불렀다.

"갑식아!"

"병석아!"

"석호여!"

"순길이!"

바다를 향해 소리쳤다. 목 놓아 부르고, 부르고, 또 불렀다. 하지만 바다는 입을 딱 다물고, 아무 대답이 없었다. 파도 소리만 간간이 철썩거리며 들려올 뿐이었다. 광부들의 울부짖는 소리가 하늘 높이 울려 퍼졌다.

"그렇게 나쁜 놈들은 하늘도 절대 용서하지 않을 거예요."

"억지로 데려가서, 죽도록 굴만 파게 하고, 사람을 바다에 빠져 죽게 한 놈들이에요. 천벌을 받을 거예요."

"아이고, 집을 눈앞에 두고, 가지도 못하다니."

광부들은 한동안 바다를 바라보며 가슴을 쳐댔다. 목이 터져라 울고, 울고, 또 울었다.

청산도 어부들이 광부들을 달래서 집으로 데려왔다. 광부들에게 서둘러 미음을 쑤어 주었다. 바다에서 추위에 떨었던 몸을 따뜻한 방에서 쉬게 해 주었다.

"고맙소. 우리는 해남 옥매산 광부들이에요."

광부들은 옥매산에서 고생했던 일들을 들려 주었다. 또 갑자기 제주도로 끌려가서 시도 때도 없이 두들겨 맞고, 죽도록 굴만 팠던 이야기도 해 주었다.

"그런 일이 다 있었어요? 처음 듣는 이야기예요."

"제주도에서 죽을 고생을 했군요."

청산도 어부들은 옥매산 광부들의 이야기를 들으며 깜짝 놀랐다. 가슴을 쓸어내리며 안타까워했다.

몇몇은 아직 깨어나지 못한 사람도 있었다. 그래서 의원을 데려왔다.

"못 먹고, 못 자고, 몸이 말이 아니네요."

정신을 차리지 못한 광부들의 눈을 살펴보며 의원이 말했다.

"죽은 것은 아니지요?"

"숨은 쉬고 있습니다. 기운이 워낙 없어서 그러죠."

"의원님, 침도 놔 주고, 꼭 살려 주세요."

청산도 사람들은 마치 피붙이를 걱정하듯 애를 태웠다. 간간이 코를 팽 풀어 제치며 홀짝거렸다.

아주머니들은 곳간으로 들어가 아껴 두었던 흰쌀을 꺼내 밥을 했다. 이웃에 사는 어부는 제사에 쓰려고 두었던 장대와 조기도 가져왔다. 장작불을 피워 장대와 조기를 노릇노릇 구웠다.

텃밭에서 금방 따온 배추겉절이도 만들고, 가지도 밥 위에 올려 무쳤다. 호박잎도 따서 날쌍하게 쪘다. 양념장도 참기름을 듬뿍 넣어 내왔다.

"얼른 밥 좀 잡수세요. 뭐니 뭐니 해도 밥이 보약이에요."

"그럼요."

이장집 아주머니와 이웃 아주머니들이 잘 구운 조기와 장대의 뼈를 하나하나 발라 주었다.

"푹푹 떠서 잡수세요."

"그래야 살아요."

광부들은 달게 밥을 먹었다.

"옥매산은 가까운 곳인데, 그런 기막힌 일이 있을 줄은 꿈에도 몰랐어요."

"가족들이 얼마나 걱정하겠어요."

아주머니들은 입술을 깨물며 눈물 바람을 했다.

"정말 고맙소. 덕분에 살아났어요."

"우리들을 언제 봤다고 이렇게 진수성찬으로 차려 주실까요. 이 은혜 평생 잊지 않겠습니다."

광부들은 하루이틀 지나면서 몸이 점점 좋아졌다.

사흘 만에 가장 늦게 깨어난 사람은 민수 아버지였다. 광부들은 민수 아버지와 말도 섞지 않았다.

"흥."

"미, 미안하게 되었소. 일본 사람들이 시키는 대로 안 하면 가족들을 다 죽인다고 하는데 어쩌겠어요."

민수 아버지는 무릎을 꿇었다.

"에라 잇, 그런다고 그렇게 독하게 해? 일본놈보다 민수 아버지가 더 나빠."

"우리들이 여기서 이 인간을 아주 없애 버립시다."

광부들 몇몇이 민수 아버지를 질질 끌고 바닷가로 갔다.

"이 나쁜 놈의 인간을 내 손으로 없애고, 나도 끝장을 봐 볼까 어쩔까!"

성난 광부가 민수 아버지의 멱살을 움켜잡으며 미친 듯이 소리를 질렀다.

"참아요. 그러면 안 되죠."

"그래요. 죄가 있다면 나라 잃은 죄가 제일 크지요."

몇몇 광부들이 나서서 성난 광부를 말렸다.

"마음대로 하시오. 제가 잘못했어요. 죽어도 싸요."

민수 아버지가 고개를 푹 숙였다. 결국 두 사람은 서로 끌어안고 서럽게 울었다.

민수 아버지는 밥도 잘 먹지 못하고, 기운이 없어 보였다. 슬그머니 바다에 나가 멍하니 앉아 있기만 했다. 만섭이 민수 아버지를 뒤따라갔다.

"아저씨, 고마워요. 제가 아플 때, 호박잎에 싸 준 흰죽 잘 먹었어요."

"만섭아, 많이 미안하다, 미안해."

"다 지나간 일이에요."

민수 아버지는 입술을 꼭 깨물었다. 만섭이 민수 아버지 손을 잡고 억지로 잡아끌었다.

청산도 어부들은 옥매산 광부들의 아픈 이야기를 들은 뒤로는 더욱더 정성을 다해서 보살펴 주었다. 모두가 한마음이었다.

"이 양반은 통 뭘을 못 드시네. 얼른 밥 좀 드시오."

"며칠을 누워만 있어서 걱정했어요. 이렇게 깨어나서 다행이에요."

"고맙소."

광부들은 어느새 얼굴이 뽀얘졌다. 몸에 난 상처도 조금씩 아물어 갔다.

며칠 뒤, 청산도 주민들이 배를 마련해 주었다.

"처음 만난 우리들한테 이렇게 잘해 주다니 정말 고맙습니다."

"덕분에 두 번 살게 되었어요. 복 받으세요!"

청산도 어부들과 광부들은 헤어지는 걸 아쉬워했다. 서로 끌어안고, 등을 다독거렸다.

"집에 가서 다 나으면 꼭 다시 찾아올게요."

"그러세요. 좋아요."

드디어 꿈에도 그리던 고향 해남으로 가는 배에 올랐다.

# 8
# 그리운 옥동리

만섭과 광부들은 제주도로 떠난 지 다섯 달 만에 고향 해남으로 돌아왔다. 옥선창에는 황산면 옥동리 사람들과 문내면 사람들까지 다 나와 있었다.

"어서 오세요. 얼마나 고생을 많이 했소."

"삐쩍 말랐네요."

이른 새벽에 무슨 영문인지도 모른 채 강제로 끌려갔던 바로 그 옥선창이었다.

해방이 되어 돌아오다니, 꿈만 같았다. 옥선창은 떠날 때 모습 그대로였다. 고향 옥선창은 살랑살랑 바람도 달았다.

만섭은 주위를 둘러보았다. 혹시 아버지와 형을 만나지 않을까? 할머니가 마중 나오지 않았을까 생각했다. 하지만 아무리 찾아도 아무도 보이지 않았다.

사람들은 서로 끌어안고 우느라 정신이 없었다. 오랜만에 만나 그리움을 나누느라 한동안 울음소리가 옥선창에 가득했다.

"우리 아들 못 봤소?"

"왜 다 같이 안 왔어요? 도대체 무슨 일이 있었던 거요?"

여기저기에서 아들이나 남편을 찾으며 울부짖는 사람들도 많았다.

만섭에게 관심을 갖는 사람은 아무도 없었다.

"아버지! 형!"

만섭은 사람 사이를 오가며 찾아보았다. 끝내 아무도 찾지 못했다.

'설마 모두 잘못되었을까?'

나쁜 생각을 하던 만섭은 고개를 저었다. 옥선창에서 아버지 손을 잡고, 형 손을 잡고 뛰어놀던 때가 떠올랐다. 온몸이 사그라지는 것 같았다.

'아녀, 무슨 방정맞을 생각을.'

만섭은 눈물범벅이 되어 집까지 어떻게 뛰어왔는지 모른다.

방에 불이 켜져 있었다.

"헉헉."

만섭은 방문을 벌컥 열었다. 할머니가 누워 있다가 빤히 쳐다봤다.

"누구여?"

할머니가 말했다.

"할머니, 만섭이에요!"

"네 아버지는?"

할머니 말을 듣고, 아버지가 집에 오지 않았다는 것을 알았다.

"할머니, 제주도에서 배를 같이 탔는데……."

만섭은 눈물을 흘리면서 바다에 빠진 뒤에 만나지 못했다는 말을 힘들게 했다.

"왜 울어?"

할머니는 놀라지도 않았다. 이상했다.

"할머니이~."

만섭은 할머니를 끌어안고 엉엉 울어 버렸다.

제주도에서는 고향에만 가면 다 좋을 줄 알았다. 어두컴컴한 굴속에서 허구한 날 굴만 파며 손가락을 찧고, 머리를 부딪친 게 몇 번이었던가. 다리를 다쳐 상처가 늘어 가고, 절룩거려도 집에 돌아갈 생각만으로 버텼다.

집에만 가면 친구들과 옥매산에도 올라가고, 하고 싶었던 옥 공예도 배우리라 다짐했다. 옥공예를 생각하니 청산도에서 괴로워하던 민수 아버지 모습이 떠올랐다.


며칠 뒤였다. 이웃에 사는 아주머니 두 분이 집으로 찾아왔다. 고구마와 반찬 몇 가지를 가져왔다.

"네 아버지 아직 안 왔어?"

아주머니가 말했다.

"어멈이냐?"

할머니는 귀도 어두우면서 아는 척을 했다.

"이제 완전히 정신까지 잃었고만."

"만호도 안 오고, 어쩌면 좋냐?"

아주머니들이 걱정스럽게 말했다.

"고맙습니다."

만섭이 겨우 인사를 했다.

"지금은 아무 생각도 하지 말고, 잘 먹고 건강해야 한다."

"쯧쯧, 노인 양반까지 제정신이 아니고, 큰일이고만."

아주머니들은 혀를 톡톡 차며 집을 나섰다.

"저 아이도 기구하고만. 어려선 어미 잡아먹고, 커서는 애비까지 잡아먹었나 봐요."

"그러니까요. 자기 애비가 젖동냥을 해서 저를 어떻게 키웠는데, 쯧쯧."

만섭은 숨이 막힐 것 같았다. 아주머니들이 그런 말을 하지 않아도 하루하루 버티는 시간이 얼마나 고통스러운지 모른다.

"아버지, 서러워서, 외로워서 더는 못 살겠어요."

만섭은 하루하루 사는 것이 지옥이었다. 자기 몸 하나도 마음대로 돌보지 못하는데, 아픈 할머니까지 보살펴야 했다. 가슴을

치며 통곡을 했다. 방 밖으로 한 걸음도 나가지 않았다. 마을 사람들을 만나는 게 두려웠다. 그들이 내뱉은 말은 날카로운 송곳이 되어 만섭의 가슴과 심장을 콕콕 쑤셔 댔다.

그러면 또 몇날 며칠 동안 밥 한 숟가락 먹지 못했다. 물 한 모금만 마셔도 아버지처럼 가슴앓이가 도져서 먹었던 물의 서너 배는 다시 쏟아냈다.

"엄마, 아버지 목숨을 내가 빼앗았다고? 아무 말이나 내뱉지 마세요. 그것이 내 탓이오?"

만섭은 머리를 쥐어뜯었다. 정말이지 살고 싶지 않았다. 해방이 되기 전에는 일본 사람들만 없으면 평화로울 줄 알았다.

"아버지!"

밤마다 배에 불이 나는 꿈을 꾸었다. 아버지와 손을 잡고, 바다로 뛰어내리던 그 순간이 한 번 떠오르면 이틀이고, 사흘이고 이어졌다. 물속으로 빠져 들어가던 사람들의 아우성 소리. 나무 판자를 붙잡고 발버둥치던 모습이 떠올라 만섭을 혼란스럽게 했다. 머리가 터질 것만 같았다.

그러던 어느 날이었다.

"만섭아, 나다."

민수 아버지가 뜬금없이 찾아왔다. 너무 갑작스러워서 아무 말도 나오지 않았다.

"네가 우리 집에 찾아올 줄 알았는데, 한 번도 안 와서 내가 먼저 와 봤다."

"무슨 일이세요?"

민수 아버지를 똑바로 볼 수가 없었다. 일본놈 앞잡이가 되어 만섭과 아버지에게 채찍을 휘두르며 날뛰던 모습이 떠올라 괴로웠다. 그렇게 나쁜 짓을 한 사람은 멀쩡히 살아 있고, 착하게만 살았던 아버지는 흔적도 없이 사라졌다는 게 믿기지 않았다.

"우리 집에 와서 옥공예하고 싶지 않냐?"

"그거야 철없을 때, 이야기지요. 지금은 아무것도 하고 싶지가 않습니다."

만섭의 마음은 진심이었다. 형과 아버지가 살았는지 죽었는지도 모르는데, 어디 가서 찾아볼 수도 없고, 누구한테 물어볼 수도 없는데 옥공예가 다 뭐란 말인가. 생각만 해도 기가 막혔다.

"다 귀찮아요. 얼른 가세요."

"그, 그려, 알았어. 언제든 마음 바뀌면 와라."

만섭은 민수 아버지가 가는데 내다보지도 않았다.

그렇게 몇 개월이 지난 어느 날, 봄 기운이 한창 무르익었을 무렵이었다.

할머니마저 하늘나라로 떠나고 말았다. 그토록 아버지와 만호 형을 찾더니 끝내 얼굴 한 번 못 보고 먼길을 떠났다. 할머니 장례는 마을 사람들의 도움으로 무사히 마칠 수 있었다.

# 9

## 만섭과 옥공예

만섭은 무엇에 홀린 듯 무작정 집을 나섰다. 할머니를 보낸 이후 처음이었다. 집 밖으로 스스로 나선 것은.

어느새 가을이었다. 아주머니들은 밭에서 콩을 거두고, 아저씨들은 누렇게 익은 벼를 논에서 베고 있었다.

만섭은 바삐 걸었다. 마을 사람들과 마주치고 싶지 않았기 때문이다. 무심코 발길을 멈춘 곳은 민수네 옥공예집이었다.

〈옥동 옥석 옥공예〉

들어갈까 말까 한참을 서성거렸다. 반쯤 열린 문틈으로 어렴풋이 보이는 민수 아버지가 옥을 문지르고 있었다. 옥가루가 날아오르는 모습이 햇빛 사이로 부옇게 보였다.

민수 아버지는 옥을 손바닥에 올려놓고, 입으로 후후 불었다. 어찌나 열심인지 고개 한 번 들지 않았다. 막 돌아서려고 할 때였다.

"만섭아, 잠깐만 멈추렴."

민수 아버지가 만섭을 보고 재빨리 뛰쳐나왔다. 민수 아버지가 쫓아와서 만섭을 붙잡고 집으로 들어갔다. 만섭은 못이긴 척 슬그머니 들어갔다.

"잘 왔다. 날마다 기다렸다."

만섭은 주위를 휘둘러보았다. 옥공예로 만든 새, 붕어, 꽃 등이 나란히 진열되어 있었다. 그 중에서 두꺼비가 가장 눈에 띄었다. 만섭은 자신도 모르게 그 앞으로 다가갔다.

"두꺼비가 금방이라도 움직일 것 같아요."

만섭은 혼잣말을 했다. 그러고는 옥두꺼비를 만질 듯 말 듯 망설이다 손으로 살며시 건드려 보았다.

"아버지, 옥매산에서 옥 가져왔어요."

민수가 흙 묻은 바짓가랑이가 돌돌 말린 채 들어왔다. 할머니 장례 때 보고는 오랜만이었다.

"만섭아!"

민수는 옥이 든 가마니를 바닥에 툭 내려놨다. 다짜고짜 만섭에게 달려와 덥석 보듬었다.

"잘 지냈냐? 너희 집에 가고 싶어도 참았어. 아버지가 기다리라고 하더라."

"옥매산 갔다 오냐?"

만섭은 마치 어제 만난 것처럼 민수에게 무심히 말했다. 그동안 밀렸던 이야기를 나누었다. 민수는 집에서 옥공예를 계속했다고 한다.

만섭은 민수 집에서 옥공예를 배우기로 약속하고, 민수 집에서 밥도 먹었다.

그날 이후, 만섭은 어릴 때처럼 민수와 늘 같이 지냈다. 만섭이 가장 먼저 배운 것은 옥도장 파는 일이었다. 옥매산 옥은 부드러워서 글자를 새기기가 쉬웠다.

"이렇게 하면 되나요?"

"응."

만섭은 맨 처음으로 김연식, 아버지 이름을 팠다.

"옥 다루는 솜씨가 타고났고만. 네 아버지가 봤으면 정말 좋아했겠구나."

만섭은 기분이 좋아졌다. 마치 아버지를 만난 것 같았다.

"바다에 빠진 분들 이름을 다 팔 거예요. 이렇게라도 기억하려고요."

만섭은 다짐했다. 다음 날엔 이두식, 박석호, 이성칠, 박납돌, 김병석……. 생각나는 대로 도장을 팠다.

"두꺼비도 만들고 싶은데요. 어떻게 해요?"

"별 거 없어. 그저 엉덩이가 짓무르도록 꼼짝 안 하고 공을 들이면 되지."

만섭은 옥을 만지고 있으면, 아무 생각도 안 나고 집중할 수 있어서 좋았다. 그저 옥공예를 하고 있으면 마음이 편했다. 서툴지만 그렇게 하고 싶었던 두꺼비도 만들고, 거북이도 만들었다.

"솜씨 한번 좋네. 잘했어."

"괜찮아요?"

"정말 좋구먼."

민수 아버지는 만섭이가 하는 것마다 칭찬을 해 주었다. 그러니 더 힘이 나고 더 잘해야겠다는 생각이 들었다. 민수네 집에는 항상 마을 사람들이 모였다.

다음 해 봄날이었다.

"영감님, 이거 잡숴 보세요. 아주 맛있네요.

"그래, 싱싱해서 맛나구먼."

민수 아버지는 마을 사람들을 초청해 낙지와 감태, 꼬막 등을 골고루 내놓았다. 옥선창 앞바다에서 나온 해산물이었다. 그날 따라 사람들에게 유난히 음식과 술을 푸짐하게 권했다.

민수 아버지의 입은 웃고 있었지만 눈은 어쩐지 슬퍼 보였다. 민수와 만섭은 부지런히 심부름을 했다.

그날 밤, 만섭은 집으로 돌아와 곧 잠이 들었다.

새벽녘쯤이었을까. 쾅쾅쾅.

"자니? 어서 문 좀 열어 봐라!"

누군가 만섭의 집 문을 사정없이 두드렸다.

"누, 누구세요."

"민수 아버지가 이상해. 너한테 꼭 할 말이 있다고 한다."

방문을 두드리는 사람의 목소리에서 긴박감이 느껴졌다. 곧 무슨 일이 날 것 같았다. 만섭은 문을 박차고 나갔다.

"어서 가자."

문밖에는 마을 아저씨가 서 있었다. 만섭은 말없이 뒤따랐다.


"만섭아, 콜록콜록."

"아저씨, 만섭이에요."

만섭은 민수 아버지가 두려움에 떨고 있는 모습이 무서웠다.

"미안하다. 미안해."

"괜찮습니다."

"네가, 네가 말이다. 제주도에서 옥매광산 광부들이 고생하다가 바다에 빠져 죽은 이야기를 꼭 세상에 알려야 한다."

민수 아버지는 거친 숨을 헐떡거렸다. 숨을 길게 몰아쉬었다가, 딸깍 멈추기를 몇 번이나 반복했다.

"알았어요. 제발 정신 좀 차려요."

"너밖에 없다. 이, 이 일을 할 사람이……. 부, 부탁한다."

"아저씨, 걱정 마세요. 시키는 대로 다 할게요."

"만섭아, 미, 미안하다. 꼬, 꼭. 부, 부탁……."

민수 아버지는 눈을 뜬 채 그대로 숨이 멎었다.

"아버지!"

민수는 아버지를 붙잡고, 엉엉 울었다.

"이제 보내 드리자."

옆에 있던 아저씨가 말했다.

"아저씨, 편히 가세요."

만섭이 벌벌 떨며 눈을 쓸어 주자, 민수 아버지 눈이 스르르 감겼다.

"우리 아버지는 밤마다 잠도 못 잤어요. 자다가 불뚝불뚝 깨서는 무릎 꿇고, 두 손 모아 빌기만 했어요. 누가 쫓아온다고 벌벌 떨었어요."

"그래, 민수 네 맘 다 안다. 그것이 어찌 네 아버지 한 사람의 죄겠어. 다 나라 잃은 설움이지."

아저씨는 민수 등을 다독여 주었다. 그러고는 소리 없이 눈물을 주르륵 흘렸다. 만섭과 민수와 그곳에 있는 사람들이 같이 울었다. 민수네 집은 온통 울음바다였다.

만섭은 민수 아버지가 안 계시자 아버지가 바다에서 사라진 것처럼 가슴이 아팠다. 옥공예를 하려고 앉아 있으면 속에서 불덩이가 불쑥불쑥 올라왔다. .

"나는 바람 따라 구름 따라 훨훨 날아다닐 거야."

만섭은 무작정 길을 떠났다.

# 10
## 세상에 알려야 한다

만섭은 발길 닿는 대로 여기저기 돌아다녔다. 막일을 하며 품
삯을 받으면, 그 돈을 다 쓸 때까지 돌아다녔다. 돈이 떨어지면
어두운 방에 곰처럼 몸을 웅크렸다.

'내가 이러면 안 되는데, 일본놈들한테 총부리로 맞으면서도
목숨을 이어 왔는데.'

만섭은 하루도 마음이 편치 않았다. 밥을 먹어도, 잠을 자도,
생선 가시가 목구멍에 걸린 것 같았다.

일 년이 지나도록 이리저리 떠돌아다녔다. 마음의 갈피를 잡
을 수가 없었다.

목포에서 잠시 머물 때였다. 이제는 막일도 귀찮고 싫었다. 순
전히 굶다시피 했다. 꿈인 듯 생시인 듯 갯냄새가 났다. 정신이
어렴풋한 채로 쓰러지고 말았다.

"이보게, 정신 차리게?"

길을 지나던 아저씨가 만섭을 집으로 데려갔다.

얼마나 지났을까.

"으음."

"이제 정신이 드는가?"

만섭은 자리에서 일어나려 했다. 온 집안에 한약 냄새가 가득했다.

"그대로 있게. 젊은이가 이렇게 몸을 놓아 버리면 되겠는가?"

"여, 여기가 어디에요?"

"우리 집이네. 하마터면 큰일을 치를 뻔했구먼."

만섭은 열이 올라 죽을 고비를 몇 번이나 넘기다가 겨우 깨어난 거였다.

"아버지, 어떤 사람인지도 모르는데 집으로 데려왔어요?"

"네 오빠가 결핵으로 세상을 떠나지 않았냐? 꼭 네 오빠를 보는 것 같아서 그런다."

아저씨는 짜증을 내는 딸을 다독였다.

"이보게, 결핵은 혼자 떨어져 있어야 한다네."

만섭은 할 말이 없었다.

"유달산 밑에 움막이 하나 있네. 거기서 나을 때까지 지내게."

"죄송하고 고맙습니다."

"이 사람아, 옷깃만 스쳐도 인연이라고 하잖아. 이것도 인연

아닌가."

"감사합니다. 제가 복이 많습니다."

만섭은 몸 둘 바를 몰랐다.

"그러면 얼른 나아서 주변의 힘든 사람 보살피면 되지."

"알겠습니다."

만섭은 눈물을 주르륵 흘렸다. 그동안 함부로 살았던 시간들이 후회스러웠다. 낫기만 하면 올바로 살아야겠다고 몇 번이고 다짐했다.

아저씨는 의원 집에서 약제를 책임 맡고 있었다. 만섭의 몸에 기운이 돌게 하는 약을 날마다 다려 주었다. 끼니때가 되면 유달산 중턱에 있는 움막으로 밥도 가져다 주었다.

"조금 나아진 거 같은가?"

"네, 아저씨 덕분에 좋아지고 있습니다."

만섭은 진심으로 고마웠다. 지금까지 자신을 온 정성으로 돌봐 준 사람은 아버지 다음으로 처음이었다.

"사람이 말이야 혼자는 못 사는 법이라네. 다 서로 도우면서 사는 거라네."

"앞으로는 저도 그런 사람이 되겠습니다."

"암, 듣던 중 반가운 소리네. 뭣을 해서라도 살아야지."

만섭은 눈물 콧물을 훔쳐냈다.

"이제 됐네."

만섭은 모래알 같은 밥을 넘기고, 쓰디쓴 약도 억지로 삼켰다.

"밥 갖다 놓았어요. 아버지가 한 숟갈도 남기지 말고 다 먹어야 한대요."

"네. 고, 고맙습니다."

아저씨가 바쁠 때면 가끔 딸이 가져다 주기도 했다.

만섭은 아저씨와 딸의 정성으로 결핵이 다 나았다.

"또다시 몸을 함부로 하면 결핵이 재발한다네."

"아저씨 덕분에 두 번 사는 목숨인데 조심하겠습니다."

만섭은 진심으로 고마워했다.

"이제 움막에서 지낼 필요도 없겠네. 마을로 내려와서 지내게나."

아저씨가 사랑방을 내주어서 함께 살게 되었다.

그러던 어느 날이었다.

"저어. 이거 드세요."

"이게 뭐예요?"

아저씨 딸이 뒤춤에서 수건에 싼 걸 식구들 몰래 만섭에게 건네주었다.

"우리 닭이 처음으로 낳은 거예요."

딸은 자기 방으로 얼른 들어가 버렸다. 수건에는 삶은 계란 한 알이 들어 있었다. 금방 삶았는지 아직 따뜻했다. 이상하게 삶은 계란 한 알이지만 마음이 따뜻해졌다.

다음 날, 딸은 만섭과 눈이 마주치자 얼굴이 빨개졌다. 만섭도 그런 딸이 참 좋았다.

그후, 만섭은 아저씨의 허락을 받고, 딸과 결혼했다. 해남과 목포는 가까운 거리였지만 얼른 찾아가지 못했다. 가끔 바람결에 옥매광산 이야기를 들을 뿐이었다.

만섭은 장인의 소개로 조선내화 목포공장에서 일을 하게 되었다. 이 공장은 붉은 벽돌을 일본으로 수출하는 일을 했다.

만섭은 아들딸 낳고, 잘 살았다. 그러다가 우연히 옥매산에서 명반석을 가져가던 곳이 일본에 있는 아사다 공장이라는 걸 알게 되었다. 그 사실을 알고 가슴앓이를 했다. 아사다 공장을 꼭 한 번 가보고 싶었다.


만섭의 나이가 어느새 육십이 되었다.

'이제 더 미뤄서는 안 되겠어.'

만섭은 마음이 조급해졌다. 몇십 년 만에 무작정 민수를 찾아갔다.

"이게 누구야? 만섭이 아닌가? 어디 있다가 이제야 나타나는 건가?"

"미안하네."

민수는 여전히 옥공예 일을 하고 있었다.

"미친놈, 소식이 없어서 죽은 줄만 알았네. 다 늙어서 뭐하러

왔냐?"

민수는 욕지거리를 하면서도 피식 웃었다. 늘 고향을 지켜 주는 민수가 있어서 얼마나 다행인지 모른다. 만약에 민수가 없었다면 해남 땅을 다시는 밟지 않았을지도 모른다.

"옥매광산 광부들의 억울한 죽음을 세상에 알려야 하네. 시간이 없다네."

민수를 보자 만섭은 가슴을 짓누르고 있던 일이 꿈틀거렸다.

"나와 같이 일본에 한 번 다녀오면 좋겠어."

"뭐? 일본놈들이 뭐가 예쁘다고?"

민수는 눈을 부라리며 화를 냈다.

"옥매광산 희생 광부들 명단이라도 좀 알아야겠어. 누가 배에 탔는지, 누가 죽었는지, 살았는지, 아무것도 모르니 답답해서 말이야."

"내 조카가 일본에 살기는 하네만."

"잘되었네. 지금도 아사다화학이란 회사가 버젓이 돌아간다는구먼."

"그래서 어쩌려고?"

민수의 물음에 만섭은 그저 옅은 미소만 보였다.

"어쩌긴 뭘 어쩌겠나. 그냥 그렇다는 거지."

만섭은 민수와 이야기를 나누며 희망이 조금 보이는 거 같았다. 막막했던 일이 조금씩 풀릴 것만 같았다.

"내 마지막 부탁이네. 조카에게 안내만 해 달라고 해 줘."

"몰라. 그런다고 그놈들이 알려 준다는 보장이 어디 있나?"

만섭의 성화에 못 이겨 민수는 큰맘 먹고 같이 일본으로 갔다. 민수 조카가 공항에 나와 있었다.

만섭과 민수는 가슴이 두근거렸다. 드디어 옥매광산 광부들의 억울함을 밝힐 실마리라도 찾을 수 있을 것 같았다.

드디어 가슴속에 품고만 있었던 아사다화학 회사 방문이 이루어졌다. 민수 조카가 데려다 주었다.

"옥매광산에서 일했던 조선인 명단이라도 내주시오."

"모르는 일이므니다."

아사다화학 대표는 냉정하게 말했다.

탕탕! 만섭은 커다란 책상을 주먹으로 두들겼다.

"왜 이러시므니까? 경찰을 부르겟스므니다."

화가 머리 끝까지 난 만섭은 책상 위의 서류뭉치를 바닥으로 내동댕이쳤다.

그때, 덩치가 크고 얼굴이 우락부락하게 생긴 남자들이 우르르 달려 들어왔다. 만섭과 민수를 문밖으로 밀쳐냈다.

옥매광산 기록이 분명히 존재할 것이라고 믿고 갔지만, 빈손으로 돌아올 수밖에 없었다. 한 가지, 옥매광산 광부들의 억울함을 세상에 꼭 알려야겠다는 마음만은 더욱 간절해졌다.

일본에서 돌아온 만섭은 곧바로 군청으로 찾아갔다.

"옥매광산 광부들의 억울한 죽음을 어서 세상에 알려야 할 것 아니오?"

"네, 저희도 노력하고 있습니다."

여전히 옥매광산 광부들의 강제동원은 제대로 된 진상 규명조차 못 하고 있었다.

만섭은 답답해서 가슴이 터질 것만 같았다. 어찌되었든 무슨 수를 써서라도 옥매광산 광부들의 억울함을 세상에 알릴 방법을 찾아야 했다.

만섭은 옥선창 근처에 집을 마련해 머물면서 진상 규명에 온 힘을 기울였다.

# 11
## 쇠말뚝을 뽑다

만섭과 민수는 어느덧 머리가 하얀 할아버지가 되었다. 만섭 할아버지는 허리가 아파 다리를 절룩거리면서도 옥매산에 다녀오지 않으면 마음이 불편했다.

하루는 민수 할아버지와 같이 갔다.

"덥네."

"여름이잖아."

만섭과 민수 할아버지는 나무 그늘도 없는 옥매산 꼭대기의 바위에 철퍼덕 앉았다. 만섭 할아버지는 옥매산 아래를 천천히 훑어보았다. 아무 일도 없었던 것처럼 그저 초록 이불을 푸르게 덮어 놓아 평화롭기만 했다.

"옥매산이 명산이기는 하나 봐. 여기 앉아 있으니 그냥 좋네."

"싱겁기는."

만섭 할아버지는 어린 시절 자신의 모습이 떠올랐다.

"명반석 캘 때가 젤로 힘들었지?"

민수 할아버지가 만섭 할아버지의 눈치를 살피며 말했다.

"일본놈들한테 맞으면서 고생을 많이 했네. 하루하루 사는 것이 죽을 만큼 힘들었어."

만섭 할아버지는 지난날들이 꿈인 듯 안개 속인 듯 아련했다.

잠시 후, 바위 주위를 돌아보던 민수 할아버지가 깜짝 놀란 목소리로 소리쳤다.

"이게 뭐지?"

"뭘 보고 그렇게 놀라?"

민수 할아버지는 바위 사이에 쪼그려 앉아 무언가 빼내려고 낑낑거렸다. 만섭 할아버지가 자리에서 벌떡 일어나 다가갔다.

"사람들이 쇠말뚝, 쇠말뚝 하더니 진짜로 박아 놨네."

"지금 뭐라고 했나?"

만섭 할아버지도 깜짝 놀라 소리쳤다. 그러고는 민수 할아버지 앞으로 바짝 다가섰다. 정말로 바위 사이에 두툼한 쇠말뚝이 박혀 있었다. 두 손으로 아무리 흔들어도 꿈쩍도 하지 않았다.

"일본놈들이 전국에 쇠말뚝을 박아 놨다는 소문은 들었는데. 옥매산에까지 박아 놓은 건 정말 몰랐네."

"잠깐, 이걸 우리가 함부로 건드리지 말고, 군청이든 어디든 연락을 해야겠네."

"그래."

만섭 할아버지가 몇 번이나 가슴을 쓸어내렸다. 연거푸 숨을 몰아쉬었다.

몇 군데 연락을 하자 얼마 지나지 않아 사람들이 헐레벌떡 달려왔다. 쇠말뚝 전문가도 왔다. 쇠말뚝 모양과 크기와 재질이 무엇인지 꼼꼼하게 살펴보았다.

며칠 지나지 않아 해남 옥매산 쇠말뚝 뽑기 추진위원회가 만들어졌다. 그러는 사이 시간이 흘러 쇠말뚝에 대해 조사한 내용을 발표하는 날이 되었다. 이 소식을 들은 사람들이 옥매산으로 모여들었다.

"누가 쇠말뚝을 여기다 박았어요?"

"누군 누구여? 일본놈들이지."

"일본놈들이 왜요?"

"이 고을에서 똑똑한 사람 못 나오게 하려고 그런 거죠."

"이놈들을 어찌할꼬?"

사람들은 눈앞에 일본 사람이 서 있는 것처럼 씩씩거렸다. 누구든지 한마디라도 딴소리를 하면 가만 두지 않을 태세였다.

"여러분, 너무 흥분하지 마십시오. 지금 당장 쇠말뚝을 뽑는 것이 아닙니다. 오늘은 그동안 조사한 걸 알려드리기로 한 자리입니다."

쇠말뚝 조사단에서 나온 사람이 말했다.

"옥매산 정상에 박혀 있는 쇠말뚝은 특수한 합금으로 제작하여 녹이 전혀 슬지 않았습니다. 산 정상 바위에 큰 구멍을 깊게 파고, 쇠말뚝을 박은 후, 석회를 부어 단단히 고정시켰습니다."

그 다음에는 시멘트로 덮어 절대 뽑아내지 못하게 했다는 거였다.

"옥매산은 진도군과 화원반도의 등줄맥이 갈라지는 부분입니다. 일본이 우리 민족의 정기를 끊기 위해 쇠말뚝을 받은 것으로 추정됩니다."

쇠말뚝을 조사한 전문가가 말했다.

"쇠말뚝을 박아서 우리나라를 꼼짝 못 하게 할 속셈이었나 보군요?"

옥매산에 모인 사람들은 부르르 치를 떨었다.


2012년 8월 15일. 옥매산 쇠말뚝을 뽑기로 정한 날이 되었다.

맨손으로는 도저히 뽑히지 않을 것 같아서 산 정상까지 가져갈 수 있는 장비는 모두 동원해서 쇠말뚝을 뽑아내기로 했다. 쇠가 서로 부딪치면서 쇳소리가 났다. 쉽게 뽑히지 않았다.

갑자기 만섭 할아버지는 두 손으로 가슴을 부여잡았다.

"으으, 가슴이, 가슴이 터질 것 같아."

"어르신, 많이 아프세요?"

만섭 할아버지는 몇 번이나 숨을 몰아쉬었다. 좀 진정이 되었다. 가슴 통증이 갈수록 심해지는 것 같았다.

전동 장비로 쇠말뚝을 흔들어 대자, 바위 구멍이 좀 헐렁해진 듯했다. 이제 여러 사람이 힘을 쓸 차례였다.

"자, 이제 쇠말뚝을 뽑아내도록 합시다."

만섭 할아버지가 말했다. 사람들은 광목천으로 쇠말뚝을 묶고, 살살 사방에서 끌어올렸다.

"왜 이렇게 안 빠질까요?"

"후유!"

쇠말뚝을 뽑던 사람들이 긴 한숨을 내쉬었다. 이마에서 땀방울이 뚝뚝 떨어졌다.

벌써 몇 번째인지 모른다. 쇠말뚝이 흔들거리기만 할 뿐 뽑히지 않았다.

"다시 한 번 힘을 내 봅시다. 하나, 둘, 셋!"

사람들은 몇 차례나 힘을 모아 쇠말뚝을 흔들어 댔다. 그렇게 용을 쓰던 어느 순간 사람들의 탄성이 터졌다.

"와, 쇠말뚝이 뽑혔다!"

사람들이 받은 숨을 몰아쉬었다.

"도대체 육십칠 년 동안이나 어떻게 그대로 있었을까요?"

"그러게 말입니다. 그래서 큰 인물도 안 나오고, 옥매산 아래 마을 사람들이 큰 희생을 치렀나 봐요."

만섭 할아버지가 가슴을 치며 울부짖었다.

"쇠말뚝을 뽑은 것이 옥매광산 광부들의 비극을 만천하에 알리는 시작입니다."

만섭 할아버지는 눈물 범벅이 된 채 겨우 말을 이어 갔다.

사람들은 쇠말뚝을 뽑은 자리 앞에 기념비를 세웠다.

이곳은 일제강점기에 민족정기를 말살시키려고
쇠말뚝을 박아 놓았던 곳으로, 2012년 광복절에
면민들의 뜻을 모아 쇠말뚝을 제거하여
정기를 회복하고, 황산면의 번영을 기원하는 마음을
이 비에 새겨 보존하노라.

옥매산 쇠말뚝 뽑기 추진위원회

그곳에 모인 사람들은 기념비 앞에 절을 올렸다.

"억울하게 돌아가신 분들을 위해 무엇을 해야 할지 생각해 봅시다."

"그럼요. 아픈 영혼을 달래 줘야 합니다."

"옥매산 쇠말뚝을 뽑은 것이 광부들의 상처를 조금이라도 씻어 내는 계기가 될 것입니다."

만섭 할아버지는 오로지 억울하게 죽은 광부들의 넋을 위로할 방법을 찾아다녔다.

# 12
# 쌓여 가는 돌탑

만섭 할아버지는 쇠말뚝을 뽑은 후 병이 나고 말았다. 약을 먹어도 아픈 가슴은 쉽게 진정되지 않았다.

밤이면 비몽사몽간에 천장에서 일본군이 나타나 광부들을 두들겨 팼다. 꿈인가 생시인가 눈을 비비고 다시 보면, 어두컴컴한 제주도 굴속이었다. 악몽에 사로잡혀 정신까지 이상해지는 것 같았다.

"살려 주세요. 살려 주세요."

만섭 할아버지는 밤새 꿈을 꾸다가 늦잠이 들었다. 오전 늦게야 자리에서 벌떡 일어났다.

"옥매광산 광부들의 비극을 세상에 알려야 해."

만섭 할아버지는 서둘러 옥매산으로 올라갔다.

"내가 몇 번이나 더 오를지 모르겠네."

혼잣말을 하면서 숨이 가빠 잠시 쉬고 있었다. 어디선가 두런 두런 사람 말소리가 나는 것 같았다.

살금살금 소리 나는 쪽으로 다가갔다. 그곳에는 어떤 할머니 와 여자아이가 있었다.

"여기에서 뭐하세요?"

할아버지의 물음에 할머니가 돌아보며 대답했다.

"돌탑 쌓아요."

"왜요?"

"불쌍하게 하늘나라 가 버린 영감 탑을 쌓고 있어요."

만섭 할아버지는 머리를 한 대 얻어맞은 것 같았다.

'맞아. 바로 돌탑이야.'

드디어 억울하게 죽은 옥매광산 광부들의 넋을 위로해 줄 방 법을 찾은 것 같았다.

"소민아, 이렇게 쌓다 보면 좋은 일도 생길지 모른단다."

"할머니, 여기 있어요. 돌!"

할머니의 손녀인 소민이가 연신 돌을 찾아왔다.

"할머니는 언제 돌탑을 쌓은 적이 있나요?"

"평생 농사일만 했지 돌탑 쌓는 건 처음이에요."

"저도 좀 해 볼까요?"

만섭 할아버지도 돌탑 쌓는 걸 도왔다. 돌 하나 얹고, 수평을 맞추었다. 구멍이 생기면 작은 돌을 찾아 사이에 끼워 넣었다.

신기하게 딱딱 맞아떨어지면 기분이 상쾌했다.

"그래, 돌탑을 쌓아야겠네. 사람 수대로 하나씩하나씩……."

만섭 할아버지는 이런 생각을 골똘히 하고 있었다.

"할아버지는 뭐라고 혼잣말을 하세요?"

돌탑을 쌓다 말고 할머니가 의아해하며 물었다. 만섭 할아버지가 혼자 생각을 중얼거리는 걸 할머니가 들은 모양이었다.

"저도 제주도에서 일본놈들한테, 총칼로 위협을 받으며 힘들게 굴만 팠답니다. 소 돼지 취급을 받으며 억울하게 살았지요."

만섭 할아버지는 어쩌다 보니 할머니에게 제주도에서 있었던 일을 모두 털어놓고 말았다.

"네? 제주도에서 굴을 팠다고요? 우리 영감은 제주도로 끌려갔다가 못 돌아왔어요."

"그러면 할머니 남편도 옥매광산 광부였군요."

만섭 할아버지는 목이 메어 간신히 말했다.

"반갑소. 어쩐지 오늘 오고 싶었어요. 아마도 할아버지를 만나 이야기를 들으려고 그랬는가 봐요."

할머니가 눈물을 글썽이며 말했다.

"어떻게 이런 기특한 생각을 다 했어요? 정말 잘했어요."

할아버지가 돌탑을 바라보며 말했다.

"손이 게으르지, 막상 시작하면 금방 쌓아져요. 시작이 반이라고 하잖아요."

할머니가 어찌나 진심을 다해 돌탑을 쌓는지 모른다. 돌탑이 둥글 넙적하게 자리를 잡았다.

"오늘 돌탑 쌓고 있는 것을 보고 드디어 의미 있는 일을 찾은 것 같습니다."

"그게 무슨 말씀이에요?"

"할머니 덕분에 깜깜했던 일이 풀릴 것 같습니다."

"뭔지 모르겠지만 저도 기분이 좋네요."

할머니가 찐 고구마를 내놓았다. 소민이와 셋이 고구마를 나눠 먹었다. 꿀맛이었다.

"저의 아버지와 형도 제주도에서 오다가 그만 돌아가셨답니다."

만섭 할아버지가 아버지 이야기를 처음으로 꺼냈다. 그동안 가슴이 무너지는 것 같아서 절대 입 밖으로는 내뱉지도 않았다.

"나도 그랬어요. 금쪽 같은 내 아들과 영감도 그 배를 탔다던데, 한 날 한 시에 모두 잃은 거지요. 지금까지 시신도 못 찾았어요."

할머니는 콧물을 자꾸 찍어냈다. 소민이와 만섭 할아버지는 잠자코 듣고만 있었다.

"이렇게라도 넋을 위로해야지요."

그후로 옥매산에 돌탑을 쌓는다는 소문이 퍼졌다. 그러자 사람들이 하나둘씩 옥매산으로 모여들었다. 바쁜 농번기 때는 들에 나가 일을 하고, 틈 나는 대로 옥매산에 올라 돌탑을 쌓았다.

"이 돌은 꼭 우리 영감 닮았네."

"돌이 돌이지."

옥동리 마을 사람들은 돌탑을 쌓으면서 서로의 아픔을 달래 주었다. 돌탑을 쌓으러 올 때면 주먹밥도 가져오고, 고구마도 같이 나누어 먹곤 했다. 한 가족처럼 서로 도우면서 쌓았다. 같은 처지의 마을 사람들이 속내를 터놓고 이야기할 장소가 생긴 것이다.

어느 날은 손에 수첩을 든 초등학생과 중고등학생 한 무리가 나타났다.

"여기가 바로 비행기를 만드는 데 필요한 명반석이란 돌이 나오던 자립니다. 일본군이 강제로 사람들을 끌고 와 일을 시켰지요. 원래 산이 둥그스름했는데, 명반석을 파내다 보니 산 높이가 삼십 미터쯤 내려갔다고 합니다."

학생들은 고개를 끄덕이며 귀담아 듣고 있었다.

만섭 할아버지는 깜짝 놀랐다. 그동안 '옥매광산 수몰 사건'을 모른 척한다고 군청 직원에게 화를 낸 적이 몇 번이던가. 만섭 할아버지는 너무나 놀랍고 반가웠다.

"옥매광산 일에 우리 학생들이 관심을 갖다니."

만섭 할아버지는 희망이 보였다. 그동안 여기저기 돌아다니며 울부짖었던 보답인 것 같았다.

"명반석을 어떻게 캤나요? 그땐 연장도 변변찮았을 텐데요."

만섭 할아버지는 가슴이 뻥 뚫리는 것 같았다.

"우리가 이렇게 산을 오르는 것도 힘이 드는데, 매일 매일 무거운 연장을 들고, 명반석 캐느라 죽을 만큼 고생했답니다."

옥매산 현장학습 선생님의 말에 답사단 학생들의 표정이 숙연해졌다.

"맞습니다. 더욱 안타까운 것은 이러한 역사 현장의 보존과 관리가 잘 안 되고 있다는 것입니다."

옥매광산의 일제 강점기 역사 현장을 알리는 제대로 된 안내문 하나 없다는 말도 덧붙였다.

"책에도 나오지 않고, 학교 선생님한테도 들은 적이 없어요. 해남 옥매광산 강제동원 이야기를 오늘 처음 알았어요."

역사학자가 꿈이라는 고등학교 2학년 남자아이가 말했다.

만섭 할아버지는 또 가슴앓이가 도지려고 했다.

"이제 됐어. 우리 아이들이 옥매광산 광부들의 이야기에 관심을 가져 주니 얼마나 다행이야."

그 사이 답사단이 자리를 옮겼다.

만섭 할아버지는 힘이 불끈 났다.

"그동안 내가 헛산 것은 아니었어."


몇 년이 지나자 옥매산 등산로 곳곳엔 어른 키 높이의 돌탑이

옹기종기 들어섰다. 돌탑은 백 개도 넘었다. 옥매산의 귀한 보물이 되었다.

마을 사람들도 돌탑을 쌓으면서 마음이 조금씩 편안해지는 것 같다고 말했다.

"늦었지만 지금이라도 밝혀지지 않은 역사적 진실을 찾아야 합니다. 무엇보다 억울하게 죽은 옥매광산 광부들의 넋을 위로해 주어야 합니다."

만섭 할아버지는 날마다 군청으로, 도청으로, 일제강점기 강제동원피해진상규명위원회로 쫓아다녔다. 옥매광산 사건은 국내에서 일어난 일제 강점기 피해 사건 중 그 규모가 가장 큰데도 제대로 알려지지 않았기 때문이다.

"억울하게 돌아가신 분들을 모실 곳이 있어야 합니다."

"옥매광산 광부들의 추모비를 세워야 합니다."

만섭 할아버지는 마음이 바빠졌다.

# 13
# 합동추모제를 지내다

옥매산 아래 옥선창은 팔월의 햇볕이 아침부터 따갑게 비쳤다. 1945년 4월, 신새벽에 광부들을 가족들도 모르게 배에 태워 보냈던 그곳이다.

만섭 할아버지는 차에서 내리자마자 이마의 땀을 닦았다. 그러고는 옥선창을 향해 발을 질질 끌며 걸었다. 만섭 할아버지는 옥선창에 정박해 있는 배를 힐끗 쳐다보았다. 아버지를 눈앞에서 잃고, 혼자만 살아남은 게 얼마나 몸서리치게 싫었던가.

지난 밤이었다.

"드디어 추모제를 올리는구나. 무사히 잘 치러야 할 텐데."

만섭 할아버지가 한복을 꺼내 살피면서 말했다.

"내일도 날이 더울 텐데 괜찮으시겠어요?"

만섭 할아버지의 딸은 나이 많은 아버지가 걱정이었다. 추모제에 함께 가려고 아버지 집까지 왔지만 마음은 영 내키지 않았다. 옥선창까지 멀지 않은 거리지만, 8월의 더위는 조금만 움직여도 땀이 주르륵 흐르기 때문이다.

"아버님, 제 생각도 같습니다. 건강도 안 좋은데, 조심하셔야 합니다."

사위도 안타까워하며 맞장구를 쳤다. 손녀는 말없이 할아버지 옆에 서 있었다.

"내 걱정은 하지 마라. 억울하게 죽은 아버지와 형님, 옥매광산 광부들을 생각하면 이깟 더위쯤이야 아무것도 아니다."

사실 며칠 전부터 딸네 부부는 만섭 할아버지를 말렸다. 하지만 만섭 할아버지의 황소고집에 가족들은 어쩔 수 없었다.

마침내 추모제가 코앞으로 다가오자 딸은 포기하고 말았다. 대신 만섭 할아버지를 모시고 추모제에 함께 가려고 먼 거리를 마다않고 달려온 거였다. 말릴 수 없다면 함께 있으면서 보살피는 게 나을 것 같아서다.


만섭 할아버지가 옥선창 가까이 다가가자 자원봉사자가 달려왔다. 그리고는 합동추모제를 지내기 위해 준비해 놓은 재단 앞으로 만섭 할아버지를 안내했다. 만섭 할아버지 자리는 하얀 천막 아래 맨 앞자리였다.

　바로 앞쪽에 '옥매광산 광부 집단수몰사건' 추모비가 보였다.
배 모양의 조각물 위에 희생된 백열여덟 명의 광부를 상징하는
백열여덟 개의 원 모양을 만들었다. 마침내 고향의 품에 안긴 광
부들의 넋을 기렸다. 추모비 뒤에는 해남군민 1,400여 명이 돈

을 모아 추모비를 만들었다면서 명단을 밝혀 놓았다.

뒤를 돌아보자, '옥매광산 광부 강제동원 피해조사 및 합동 추모제'라고 씌어 있는 현수막이 보였다.

얼마 후, 추모제 개회를 선언하고 식순이 시작되었다. 옥매광산 희생자 추모위원회 사회자가 추모사를 낭독했다.

"지금부터 옥매광산 광부들의 합동 위령제를 시작하겠습니다. 억울하게 목숨을 잃으신 백열여덟 분의 희생을 우리는 결코 잊어서는 안 될 것입니다."

이어서 사회자가 만섭 할아버지를 소개했다.

"여러분, 옥매광산 광부 중 유일하게 생존해 계신 김만섭 할아버지를 모시겠습니다. 몸이 불편하신데도 오셨으니 따뜻한 박수로 맞아 주시기 바랍니다."

만섭 할아버지가 딸과 손녀의 부축을 받으며 마이크 앞으로 갔다.

"저는 옥매산에 아버지를 찾으러 갔다가 잡혀서 명반석 캐는 일을 했습니다. 일본놈이 총을 들이대니 시키는 대로 할 수밖에 없었습니다. 어느 날, 새벽에 갑자기, 강제로 배에 태워 제주도로 가서 죽도록 굴만 팠습니다. 해방이 되어 집으로 돌아오다가 배에 불이 나서, 광부들이 바다에 빠져 죽는 것을 눈앞에서 봐야 했습니다."

만섭 할아버지는 이야기를 하면서 나무판자에 의지한 채 파도에 이리저리 떠밀려 다니던 청산도 앞바다가 떠올랐다. 숨이 가빠졌다.

"그때 저는 열두 살이었습니다."

만섭 할아버지는 갑자기 가슴을 쥐어뜯었다.

"어르신, 괜찮으세요. 119를 부를까요?"

사회자가 놀라서 어쩔 줄 몰라 했다.

"아버지. 그만하세요. 그러다 쓰러지겠어요."

딸이 재빨리 만섭 할아버지 팔을 잡아끌었다.

"놔라. 놔. 아직 할 말이 남았다."

만섭 할아버지는 부르르 떨면서도 말을 이어 갔다.

"일본놈들은 사고였다고 우겼습니다. 저도 그때 일이 꿈처럼 느껴질 때가 있습니다. 하지만 시시때때로 모든 게 생생하게 떠오릅니다. 저는 평생 깊은 잠을 자지 못했습니다. 하루하루가 너무 무섭고 두려웠습니다. 절대 있어서는 안 될 그 일이 일어났을 때는 1945년 8월 20일이었습니다. 늦었지만, 지금이라도 국가 차원에서 나서야 합니다. 밝혀지지 않은 역사의 진실을 찾아야 합니다. 무엇보다 억울하게 죽은 옥매광산 광부들의 넋을 위로해 줘야 합니다."

만섭 할아버지의 증언을 듣고 여기저기서 훌쩍거리는 소리가 났다. 곧이어 영혼을 달래는 한풀이 춤이 이어졌다. 흰 한복을 입은 여자가 버선발로 춤을 추기 시작했다.

116

어느 순간, 합동추모제에 참석한 사람들이 흐느끼고 있었다.

"네, 마음껏 우십시오. 억울하게 숨진 옥매광산 광부들의 넋을 위로하는 자리입니다. 잔혹한 일제에 의해 죽어서도 우리 곁에 맴돌고 있는 그 영혼들의 한을 푸는 것은 살아 있는 우리들이 해야 할 몫입니다."

사회자가 만섭 할아버지에게 다가와 인사를 건넸다.

"어르신, 꺼내기 어려운 말씀을 하시느라 수고하셨습니다. 감사합니다."

"아닙니다. 그 일을 아무도 기억하지 못하고, 그냥저냥 파묻히게 될까 봐, 그것이 제일 두려웠습니다."

만섭 할아버지가 휘청하자 사회자가 얼른 손을 잡았다.

"내가 살아 있는 동안은 기어서라도 나올 겁니다. 나와서 그때 일을 세상에 알리겠습니다."

이어서 헌시 낭독이 이어졌다. 초등학교 여학생이 마이크를 잡고 낭독을 했다.

오늘 백열여덟 분 그대들
우리의 가슴깊이 새겨 담습니다
이제 그대들과 우리 함께입니다

그대들을 내 가슴에, 우리의 가슴에 온전히 담는데 칠십이 년

어둡고 추운, 깊은 바다를 떠돌았을 그대들의 혼
그대들의 지친 혼이 돌아와 깃들
여기 이 탑을 쌓는데 칠십이 년의 세월이 흘렀습니다.
외로우셨지요. 그리운 고향 정말 보고 싶었지요.
미안합니다. 죄송합니다.

역사를 잊은 민족에게는 미래가 없다고 했습니다.
그대들의 아픔과 분노 그것을 잊었다면 우리에게는 어리석은
미래가 기다리겠지요.
그대들의 피땀에 젖은 이야기를 기억하며
지혜롭게 이 땅을 지키며 번성하도록 평화롭게 가꾸겠습니다.

낭독이 끝나자 추모제에 참석한 사람들은 끝내 울음을 토해내
지 못하고 흑흑거렸다. 하늘도 서러운지 갑자기 비가 쏟아졌다.
추모제에 참석한 사람들은 오는 비를 그대로 다 맞았다. 그 누구
도 자리에서 일어날 생각을 하지 않았다.
옥선창에 꽹과리가 웽그렁 웽그렁 울리고, 쿵더덕 쿵더덕 장
고 춤 소리가 드높이 울렸다. 어느새 빗줄기가 멈추고 하늘이 맑
게 개이기 시작했다.
"이제 황산면 옥동고을에서 떠돌던 영혼들이 편안히 잠들겠
네요."

118

사회자가 만섭 할아버지를 바라보며 말했다.

"쇠말뚝도 뽑았으니 이제 황산면 옥동고을에 훌륭한 사람들이 많이 나올 것입니다. 마을도 부자가 될 것입니다."

칠십이 년이나 기다리던 추모제가 모두 끝났다.

만섭 할아버지는 다리에 힘이 빠져서 그 자리에 풀썩 주저앉고 말았다. 그때 어디선가 하얀 나비 떼가 날아오더니 할아버지 주위를 맴돌다가 푸른 하늘로 날아올랐다. 떠돌던 영혼이 이제야 먼길을 떠나는가 싶었다.

"아버님! 형님!"

만섭 할아버지는 나비 떼를 향해 두 팔을 휘저으며 큰 소리로 외쳤다. 그제야 사람들이 우르르 몰려왔다.

사람들은 아무것도 없는 빈 허공을 향해 손짓을 해대는 만섭 할아버지가 걱정스럽기만 했다. 하지만 할아버지 눈에는 선창가의 푸른 하늘로 날아오르는 하얀 나비 떼가 선명하게 보였다. 저 멀리 날아가는 나비 떼를 바라보며 눈물을 흘렸다.

"아버지!"

"할아버지!"

놀란 딸과 손녀도 허둥지둥 달려왔다. 사위가 얼른 할아버지를 부축하고는 천천히 걸음을 옮겼다.

만섭 할아버지는 옥선창을 몇 번이나 뒤돌아보았다.

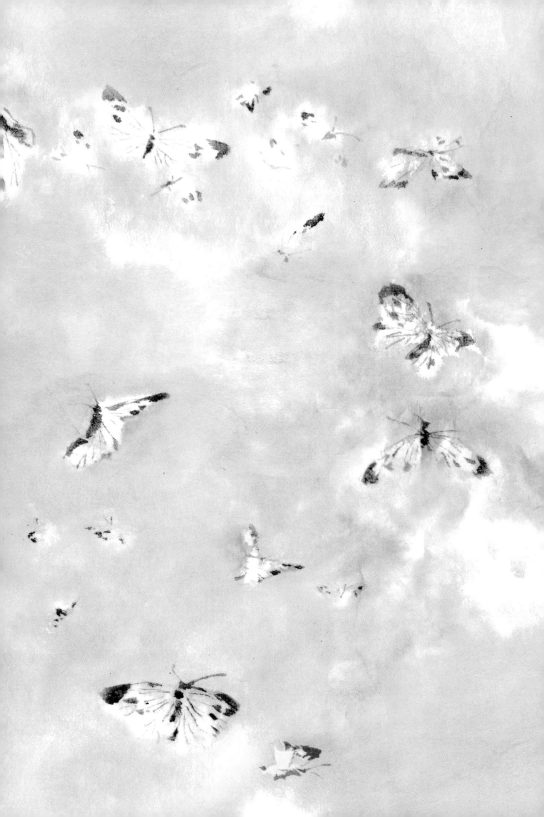

# 돌탑이 된 사람들의 이야기

　전라남도 해남군에 있는 옥매산은 조선시대부터 옥(玉)으로 유명한 곳이었다. 장식품의 소재로 옥이 널리 사용되면서 옥의 재료가 되는 명반석을 국가에서 관리할 정도였다. 문제는 일제 때 명반석이 알루미늄의 원료로 알려지면서 태평양전쟁 당시 군수품 생산에 이용된 것이다.

　일제는 1924년부터 명반석을 찾아 집중적으로 채굴하기 시작했다. 군용 비행기 제작에 필요한 알루미늄을 생산하기 위해서였다. 옥매산에서도 일제는 마을 주민들을 광부로 동원해 명반석 수탈에 열을 올렸다. 당시 마을 주민으로 구성된 광부가 1,200명에 달하였다고 한다.

◀▲ 옥매산에 있는 명반석.
◀ 일제의 명반석 채굴로 파헤쳐진 옥매산 정상.
▼ 선착장 앞에 세워진 명반석 저장 창고.

일제는 1945년 4월 옥매산 광부 220여 명을 강제로 제주도로 끌고 가서 해안가에 군사용 땅굴을 건설하게 했다. 해방 후 광부 222명은 일본인 관리 3명과 함께 1945년 8월 20일 고향으로 돌아오는 배에 올라타지만 원인 모를 화재로 배가 침몰하고 만다. 마침 지나던 일본 군함이 몇몇 사람을 구조하지만 일본인 관리로부터 대부분의 광부가 조선인이라는 말을 듣고는 사람들을 바다에 그대로 버려둔 채 떠나 버린다. 그 결과 광부 118명이 바다에서 죽고 말았다.

이들의 넋을 기리기 위해 살아남은 사람들은 옥매산에 돌탑을 쌓고 선착장에 위령탑도 만들어 위령제를 지내면서 가여운 영혼들을 위로하고 있다.

▲ 선착장에 세워진 위령탑.
▶ 선착장에서 바라본 바다. 이곳에는 당시 명반석을 배까지 옮겨 날랐던 선로가 지금도 남아 있다.
▼ 제주도 해안에 남아 있는 일제의 군사용 동굴.
▼▶ 옥매산에 하나하나 쌓아 올린 돌탑들.

옥매산 쇠말뚝을 **뽑았다**는 뉴스를 본 뒤, 옥매산에 올랐습니다. 정상에 오르니 온통 파헤쳐지고 군데군데 물웅덩이가 있었습니다. 뉴스에서 볼 때보다 더 황폐해진 모습에 옥매산 광부들이 얼마나 힘들었을까 하는 아픔이 전해졌습니다.

옥매산에 올라가던 중 광부들의 영혼을 달래기 위해 쌓은 돌탑을 발견했습니다. 해남 사람들이 대규모로 희생된 그 엄청난 사건을 해남에서 기억하고 추모하는 것은 후손인 제가 해야 할 당연한 몫이었습니다.

돌탑 앞에서 '옥매산 돌탑' 이야기를 써야겠다고 다짐했습니다.

옥매산은 일제 강점기의 아픔을 가장 많이 간직한 곳입니다. 일제 강점기 때 명반석을 채굴해 일본으로 가져갔습니다. 비행기를 만드는 재료로 꼭 필요했기 때문입니다. 당시 문내면과 황산면 사람들은 총칼로 위협을 당하며 강제로 끌려가서 죽도록 명반석 캐는 일을 해야 했습니다.

그들 중 일부는 1945년 봄, 제주도까지 끌려가서 굴을 파는 일도 해야 했습니다. 해방이 되어 고향으로 돌아올 수 있었지만, 타고 있던 배에 불이 나서 대부분의 사람들이 바다에 빠져 죽었습니다.

옥매광산 광부 수몰 사건은 시간이 흐르면서 잊혔습니다. 누가 사망했는지, 사망자 명단도 없었습니다. 보상도 없고, 이들을 기억하는 사람도 없었습니다. 이 사건은 우리 근대사의 슬픈 비극 중 하나입니다. 그러나 수많은 사람들이 희생된 사건임에도 제대로 밝혀진 게 없습니다. 국내 강제동원이라는 이유로 국외 강제동원에 비해 소홀히 대하는 건 아닌지 모르겠습니다.

2012년, 옥매산 바위 정상에서 일제 강점기 때 묻었을 것으로 보이는 쇠말뚝을 발견했습니다. 8월 15일 광복절 때, 쇠말뚝 제거 행사와 함께 옥매산 광부들에 대한 추모비도 건립하자는 의견이 나왔습니다.

해남군민 천삼백여 명이 성금을 모아 옥선창 앞에 추모탑을 건립했습니다. 먼저 세상을 떠난 이들과 현재를 살아가는 이들의 아름다운 동행을 상징하는 추모탑입니다. 그리고 주변을 정비해 공원화해 나가고 있습니다.

앞으로 옥매광산에 대한 근대문화유산 지정으로 과거 역사를 되새길 수 있었으면 좋겠습니다. 보이지 않는 곳에서 노력한 분들 덕분에 황산면 옥매광산과 광물 창고는 2017년 한국내셔널트러스트가 선정하는 '올해의 꼭 지켜야 할 자연 문화유산'에 선정됐습니다.

역사를 잊은 민족에게는 미래가 없다고 했습니다. '옥매산 돌탑' 이야기가 세상 밖으로 나와서 옥매광산 광부들의 서러운 넋을 위로해 줄 수 있기를 간절히 소망합니다. 해남의 딸로 태어나서 꼭 해야 할 숙제를 마친 느낌입니다.

그분들의 아픔을 잊지 않겠습니다.

2024년 겨울, 박상희